bibliocollège

Le

GW00502535

Némirovsky

Notes, questionnaires et dossier d'accompagnement
par Bertrand **LOUËT**,
certifié de Lettres modernes,
professeur au collège

Crédits photographiques

p. 4 : photographie G. L. Manuel Frères, photo photothèque Hachette Livre.
p. 123 : photo Gérald Bloncourt.

Conception graphique

Couverture : *Laurent Carré*
Intérieur : *ELSE*

Mise en page

MCP

Illustration des questionnaires

Harvey Stevenson

**Dossier du professeur téléchargeable gratuitement sur :
www.biblio-hachette.com**

ISBN : 978-2-01-394990-3

© Éditions Grasset & Fasquelle, 1930, pour le texte.

© et ℗ Audiolib, 2011, pour les extraits audios.

© Hachette Livre, 2018, pour les notes et le dossier d'accompagnement.

Hachette Livre, 58, rue Jean Bleuzen, CS 70007, 92178 Vanves Cedex.
Tous droits de traduction, de reproduction et d'adaptation réservés pour tous pays.

Sommaire

Écoutez et téléchargez gratuitement
sur notre site www.biblio-hachette.com
les 3 extraits lus par Irène Jacob
et signalés ici par le logo ⌒.

LE BAL *(texte intégral)*

DOSSIER D'ACCOMPAGNEMENT

Irène Némirovsky (1903-1942).

I

Mme Kampf[1] entra dans la salle d'études en fermant si brusquement la porte derrière elle que le lustre de cristal sonna, de toutes ses pendeloques agitées par le courant d'air, avec un bruit pur et léger de grelot. Mais Antoinette n'avait pas cessé de lire, courbée si bas sur son pupitre, qu'elle touchait la page des cheveux. Sa mère la considéra[2] un moment sans parler ; puis elle vint se planter devant elle, les mains croisées sur sa poitrine.

– Tu pourrais, lui cria-t-elle, te déranger quand tu vois ta mère, mon enfant. Non ? Tu as le derrière collé sur ta chaise ? Comme c'est distingué... Où est miss Betty ?

notes

1. Kampf : « combat » en allemand ; ce nom n'est pas sans rappeler le combat mené par Antoinette (et l'auteur) contre sa mère.
2. la considéra : la regarda attentivement (parfois avec une pointe de dédain ou d'arrogance).

15 Dans la pièce voisine, le bruit d'une machine à coudre rythmait une chanson, un *What shall I do, what shall I do when you'll be gone away*[1]... roucoulé d'une voix ~~malhabile~~ et fraîche.

– Miss, appela Mme Kampf, venez ici.

20 – Yes, Mrs Kampf.

La petite Anglaise, les joues rouges, les yeux effarés et doux, un chignon couleur de miel roulé autour de sa petite tête ronde, se glissa par la porte entrebâillée.

– Je vous ai engagée, commença sévèrement
25 Mme Kampf, pour surveiller et instruire ma fille, n'est-ce pas ? et non pour vous coudre des robes... Est-ce qu'Antoinette ne sait pas qu'on se lève quand maman entre ?

– Oh ! Ann-toinette, how can you ?[2] dit Miss avec
30 une sorte de gazouillement attristé.

Antoinette se tenait debout à présent et se balançait gauchement sur une jambe. C'était une longue et plate fillette de quatorze ans, avec la figure pâle de cet âge, si réduite de chair qu'elle apparaît, aux yeux
35 des grandes personnes, comme une tache ronde et claire, sans traits, des paupières baissées, cernées, une

notes

1. **What shall I do [...] away :** « Que ferai-je, que ferai-je quand tu seras parti ».   *2.* *how can you ? :* « comment peux-tu ? »

petite bouche close… Quatorze ans, les seins qui poussent sous la robe étroite d'écolière, et qui blessent et gênent le corps faible, enfantin… les grands pieds et ces longues flûtes avec des mains rouges au bout, des doigts tachés d'encre, et qui deviendront un jour les plus beaux bras du monde, qui sait ?… une nuque fragile, des cheveux courts, sans couleur, secs et légers…

— Tu comprends, Antoinette, que c'est à désespérer de tes manières à la fin, ma pauvre fille… Assieds-toi. Je vais entrer encore une fois, et tu me feras le plaisir de te lever immédiatement, tu entends ?

Mme Kampf recula de quelques pas et ouvrit une seconde fois la porte. Antoinette se dressa avec lenteur et une si évidente mauvaise grâce que sa mère demanda vivement en serrant les lèvres d'un air de menace :

— Ça vous gêne, par hasard, mademoiselle ?

— Non, maman, dit Antoinette à voix basse.

— Alors, pourquoi fais-tu cette figure ?

Antoinette sourit avec une sorte d'effort lâche et pénible qui déformait douloureusement ses traits. Par moments, elle haïssait tellement les grandes personnes qu'elle aurait voulu les tuer, les défigurer, ou bien crier : « Non, tu m'embêtes », en frappant du pied ; mais elle redoutait ses parents depuis sa toute petite enfance. Autrefois, quand Antoinette était plus petite, sa mère l'avait prise souvent sur ses genoux, contre son cœur, caressée et embrassée. Mais cela Antoinette l'avait oublié. Tandis qu'elle avait gardé au plus profond d'elle-même le son, les éclats d'une voix irritée passant par-dessus sa tête, « cette petite qui est toujours dans mes jambes… », « tu as encore taché ma robe avec tes sales souliers ! file au coin, ça t'apprendra, tu m'as entendue ? petite imbécile ! » et un jour… pour la première fois, ce jour-là elle avait désiré mourir… au coin d'une rue, pendant une scène, cette phrase emportée, criée si fort que des passants s'étaient retournés : « Tu veux une gifle ? Oui ? » et la brûlure d'un soufflet[1]. En pleine rue… Elle avait onze ans, elle était grande pour son âge… Les passants, les grandes personnes, cela, ce n'était rien… Mais, au même instant, des garçons sortaient de l'école et ils avaient ri en la regardant : « Eh bien, ma vieille… » Oh ! ce ricanement qui la poursuivait tandis qu'elle marchait, la

note

1. soufflet : gifle (terme de la langue classique).

tête baissée, dans la rue noire d'automne... les lumières dansaient à travers ses larmes. « Tu n'as pas fini de pleurnicher ?... Oh, quel caractère !... Quand je te corrige, c'est pour ton bien, n'est-ce pas ? Ah ! et puis, ne recommence pas à m'énerver, je te conseille... » Sales gens... Et maintenant, encore, c'était exprès pour la tourmenter, la torturer, l'humilier, que, du matin au soir, on s'acharnait : « Comment est-ce que tu tiens ta fourchette ? » (devant le domestique, mon Dieu) et « tiens-toi droite. Au moins, n'aie pas l'air d'être bossue. » Elle avait quatorze ans, elle était une jeune fille, et, dans ses rêves, une femme aimée et belle... Des hommes la caressaient, l'admiraient, comme André Sperelli[1] caresse Hélène et Marie, et Julien de Suberceaux, Maud de Rouvre[2] dans les livres... L'amour... Elle tressaillit. Mme Kampf achevait :

– ... Et si tu crois que je te paie une Anglaise pour avoir des manières comme ça, tu te trompes, ma petite...

notes

1. André Sperelli : personnage de roman du « Cycle de la rose », cycle romanesque de l'écrivain italien Gabriele d'Annunzio (1863-1938), à la mode dans les années 1920.

2. Julien de Suberceaux, Maud de Rouvre : personnage du roman *Les Demi-Vierges* (1894) du romancier Marcel Prévost (1862-1941), spécialisé dans la représentation psychologique de l'immoralité d'un monde galant et sentimental.

Plus bas, tandis qu'elle relevait une mèche qui
barrait le front de sa fille :

– Tu oublies toujours que nous sommes riches, à
présent, Antoinette..., dit-elle.

Elle se tourna vers l'Anglaise :

– Miss, j'aurai beaucoup de commissions pour
vous cette semaine... je donne un bal le 15...

– Un bal, murmura Antoinette en ouvrant de
grands yeux.

– Mais oui, dit Mme Kampf en souriant, un bal...

Elle regarda Antoinette avec une expression
d'orgueil, puis elle désigna l'Anglaise à la dérobée
d'un froncement de sourcils.

– Tu ne lui as rien dit, au moins ?

– Non, maman, non, dit vivement Antoinette.

Elle connaissait cette préoccupation constante de
sa mère. Au commencement – il y avait deux ans de
cela – quand ils avaient quitté la vieille rue Favart[1]
après le génial coup de Bourse d'Alfred Kampf, sur
la baisse du franc d'abord et de la livre ensuite en

note

1. rue Favart : petite rue du
IIe arrondissement de Paris, où se trouve
le théâtre de l'Opéra-Comique et située près
de la Bourse. Ce n'est pas, à l'époque, une rue
bourgeoise et chic.

1926[1], qui leur avait donné la richesse, tous les matins, Antoinette était appelée dans la chambre de ses parents ; sa mère, encore au lit, polissait ses ongles ; dans le cabinet de toilette voisin, son père, un sec petit Juif aux yeux de feu, se rasait, se lavait, s'habillait avec cette rapidité folle de tous ses gestes, qui l'avait fait surnommer autrefois « Feuer[2] » par ses camarades, les Juifs allemands, à la Bourse. Il avait piétiné là, sur ces grandes marches de la Bourse, pendant des années... Antoinette savait qu'auparavant, il avait été employé à la Banque de Paris, et plus loin encore dans le passé, petit chasseur[3] à la porte de la banque, en livrée bleue... Un peu avant la naissance d'Antoinette, il avait épousé sa maîtresse, Mlle Rosine, la dactylo du patron. Pendant onze ans, ils avaient habité un petit appartement noir, derrière l'Opéra-Comique[4]. Antoinette se rappelait

---

notes

1. La baisse du franc et de la livre anglaise correspond à une crise boursière provoquée par le renversement du premier gouvernement du Cartel des gauches en mai 1926. Les milieux d'affaires, inquiets, retirent leurs capitaux et la livre sterling s'échange à 240 francs, contre 100 francs en mai de l'année précédente. En juillet, le président de la République Gaston Doumergue rappelle Henri Poincaré à la présidence du Conseil, retour qui rétablit la confiance et fait baisser à nouveau le cours de la livre anglaise.

2. Feuer : « le Feu » en allemand.
3. chasseur : portier, groom. À l'origine, il s'agit d'un domestique en habit (livrée) de chasse.
4. Opéra-Comique : théâtre de la rue Favart à Paris rebâti en 1898. On y joue des opérettes.

comme elle recopiait ses devoirs, le soir, sur la table de la salle à manger, tandis que la bonne lavait la vaisselle avec fracas dans la cuisine et que Mme Kampf lisait des romans, accoudée sous la
145 lampe, une grosse suspension avec un globe de verre dépoli où brillait le jet vif du gaz[1]. Quelquefois, Mme Kampf poussait un profond soupir irrité, si fort et si brusque, qu'il faisait sauter Antoinette sur sa chaise. Kampf demandait : « Qu'est-ce que tu as
150 encore ? » et Rosine répondait : « Ça me fait mal au cœur de penser comme il y a des gens qui vivent bien, qui sont heureux, tandis que moi, je passe les meilleures années de ma vie dans ce sale trou à ravauder[2] tes chaussettes... »

155 Kampf haussait les épaules sans rien dire. Alors, le plus souvent, Rosine se tournait vers Antoinette. « Et toi, qu'est-ce que tu as à écouter ? Ça te regarde ce que disent les grandes personnes ? » criait-elle avec humeur. Puis elle achevait : « Oui, va, ma fille,
160 si tu attends que ton père fasse fortune comme il le promet depuis que nous sommes mariés, tu peux

notes

1. le jet vif du gaz : en 1928, l'électricité reste une énergie de luxe et la majorité de la population s'éclaire au gaz.

2. ravauder : raccommoder, repriser.

attendre, il en passera de l'eau sous le pont... Tu grandiras, et tu seras là, comme ta pauvre mère, à attendre... » Et quand elle disait ce mot « attendre », il passait sur ses traits durs, tendus, maussades, une certaine expression pathétique, profonde, qui remuait Antoinette malgré elle et la faisait souvent allonger, d'instinct, ses lèvres vers le visage maternel.

« Ma pauvre petite », disait Rosine en lui caressant le front. Mais, une fois, elle s'était exclamée : « Ah ! laisse-moi tranquille, hein, tu m'ennuies ; ce que tu peux être embêtante, toi aussi... », et jamais plus Antoinette ne lui avait donné d'autres baisers que ceux du matin et du soir, que parents et enfants peuvent échanger sans y penser, comme les serrements de main de deux inconnus.

Et puis, ils étaient devenus riches un beau jour, tout d'un coup, elle n'avait jamais bien pu comprendre comment. Ils étaient venus habiter un grand appartement blanc, et sa mère avait fait teindre ses cheveux en un bel or tout neuf. Antoinette coulait un regard peureux vers cette chevelure flamboyante qu'elle ne reconnaissait pas.

– Antoinette, commandait Mme Kampf, répète un peu. Qu'est-ce que tu réponds quand on te demande où nous habitions l'année dernière ?

– Tu es stupide, disait Kampf de la pièce voisine, qui veux-tu qui parle à la petite ? Elle ne connaît personne.

– Je sais ce que je dis, répondait Mme Kampf en haussant la voix : et les domestiques ?

– Si je la vois dire aux domestiques seulement un mot, elle aura affaire à moi, tu entends, Antoinette ? Elle sait qu'elle doit se taire et apprendre ses leçons, un point, c'est tout. On ne lui demande pas autre chose...

Et, se tournant vers sa femme :

– Ce n'est pas une imbécile, tu sais ?

Mais, dès qu'il était parti, Mme Kampf recommençait :

– Si on te demande quelque chose, Antoinette, tu diras que nous habitions le Midi toute l'année... Tu n'as pas besoin de préciser si c'était Cannes ou Nice, dis seulement le Midi... à moins qu'on ne t'interroge ; alors, il vaut mieux dire Cannes, c'est plus distingué... Mais, naturellement, ton père a raison, il faut surtout te taire. Une petite fille doit parler le moins possible aux grandes personnes.

Et elle la renvoyait d'un geste de son beau bras nu, un peu épaissi, où brillait le bracelet de diamants que son mari venait de lui offrir et qu'elle ne quittait que dans son bain. Antoinette se souvenait vaguement de tout cela, tandis que sa mère demandait à l'Anglaise :

– Est-ce qu'Antoinette a une belle écriture, au moins ?

– Yes, Mrs Kampf.

– Pourquoi ? demanda timidement Antoinette.

– Parce que, expliqua Mme Kampf, tu pourras m'aider ce soir à faire mes enveloppes... Je lance près de deux cents invitations, tu comprends ? Je ne m'en tirerais pas toute seule... Miss Betty, j'autorise Antoinette à se coucher une heure plus tard que d'habitude aujourd'hui... Tu es contente, j'espère ? demanda-t-elle en se tournant vers sa fille.

Mais comme Antoinette se taisait, enfoncée de nouveau dans ses songes, Mme Kampf haussa les épaules.

– Elle est toujours dans la lune, cette petite, commenta-t-elle à mi-voix. Un bal, ça ne te rend pas fière, non, de penser que tes parents donnent un bal ? Tu n'as pas beaucoup de cœur, je le crains, ma pauvre fille, acheva-t-elle avec un soupir, en s'en allant.

II

₂₃₅ Ce soir-là, Antoinette, que l'Anglaise emmenait se coucher d'ordinaire sur le coup de neuf heures, resta au salon avec ses parents. Elle y pénétrait si rarement qu'elle regarda avec attention les boiseries blanches et les meubles dorés, comme ₂₄₀ lorsqu'elle entrait dans une maison étrangère. Sa mère lui montra un petit guéridon où il y avait de l'encre, des plumes et un paquet de cartes et d'enveloppes.

– Assieds-toi là. Je vais te dicter les adresses.
₂₄₅ « Est-ce que vous venez, mon cher ami ? » dit-elle à voix haute en se tournant vers son mari, car le domestique desservait dans la pièce voisine, et, devant lui, depuis plusieurs mois, les Kampf se disaient « vous ».

250 Quand M. Kampf se fut approché, Rosine chuchota : « Dis donc, renvoie le larbin[1], veux-tu, il me gêne... »

Puis, surprenant le regard d'Antoinette, elle rougit et commanda vivement :

255 — Allons Georges, est-ce que vous aurez bientôt fini ? Rangez ce qui reste et vous pouvez monter...

Ensuite, ils demeurèrent silencieux, tous les trois, figés sur leurs chaises. Quand le domestique fut parti, Mme Kampf poussa un soupir.

260 — Enfin, je le déteste, ce Georges, je ne sais pas pourquoi. Quand il sert à table et que je le sens derrière mon dos, il me coupe l'appétit... Qu'est-ce que tu as à sourire bêtement, Antoinette ? Allons, travaillons. Tu as la liste des invités, Alfred ?

265 — Oui, dit Kampf ; mais attends que j'ôte mon veston, j'ai chaud.

— Surtout, dit sa femme, n'oublie pas de ne pas le laisser traîner ici comme l'autre fois... J'ai bien vu à la figure de Georges et de Lucie qu'ils trouvaient 270 cela étrange qu'on se mette au salon en bras de chemise...

note

1. *larbin* : domestique (terme très péjoratif).

— Je me fous de l'opinion des domestiques, grommela Kampf.

— Tu as bien tort, mon ami, ce sont eux qui font les réputations en allant d'une place[1] à une autre et en bavardant... Je n'aurais jamais su que la baronne du troisième...

Elle baissa la voix et chuchota quelques mots qu'Antoinette ne put arriver, malgré ses efforts, à entendre.

— ... sans Lucie qui a été chez elle pendant trois ans...

Kampf tira de sa poche une feuille de papier couverte de noms et toute raturée.

— Nous commençons par les gens que je connais, n'est-ce pas, Rosine ? Écris, Antoinette. M. et Mme Banyuls. Je ne connais pas l'adresse, tu as l'annuaire sous la main, tu chercheras à mesure...

— Ils sont très riches, n'est-ce pas ? murmura Rosine avec respect.

— Très.

— Tu... crois qu'ils voudront bien venir ? Je ne connais pas Mme Banyuls.

---

note

1. place : emploi pour un domestique, maison ou famille bourgeoise pour laquelle il travaille.

295   — Moi non plus. Mais je suis avec le mari en relations d'affaires, ça suffit... il paraît que la femme est charmante, et puis on ne la reçoit pas beaucoup dans son monde, depuis qu'elle a été mêlée dans cette affaire... tu sais, les fameuses partouzes du bois de Boulogne[1], il y a deux ans...

300   — Alfred, voyons, la petite...

    — Mais elle ne comprend pas. Écris, Antoinette... C'est tout de même une femme très bien pour commencer...

    — N'oublie pas les Ostier, dit vivement Rosine ; il 305 paraît qu'ils donnent des fêtes splendides...

    — M. et Mme Ostier d'Arrachon, deux r, Antoinette... Ceux-là, ma chère, je ne réponds pas d'eux. Ils sont très collet monté[2], très... La femme a été dans le temps...

310   Il fit un geste.

    — Non ?

notes

1. *partouzes du bois de Boulogne :* actes sexuels collectifs qui auraient été pratiqués par certains milieux aisés de l'ouest parisien dans les années 1920-1930. Ces pratiques correspondent au relâchement des mœurs des « années folles », qui peut être compris comme le désir d'exorciser dans la débauche les horreurs encore récentes de la guerre de 1914-1918.

2. *collet monté :* guindés, feignant la pudeur et la gravité.

— Si. Je connais quelqu'un qui l'a vue souvent autrefois dans une maison close[1] à Marseille... si, si, je t'assure... Mais il y a longtemps de ça, près de vingt ans ; son mariage l'a complètement décrassée, elle reçoit des gens très bien, et pour les relations elle est extrêmement exigeante... En règle générale, au bout de dix ans, toutes les femmes qui ont beaucoup roulé deviennent comme ça...

— Mon Dieu, soupira Mme Kampf, comme c'est difficile...

— Il faut de la méthode, ma chère... Pour la première réception, du monde et encore du monde, le plus de gueules que tu pourras... À la seconde ou à la troisième, seulement, on trie... Il faut inviter à tour de bras cette fois-ci...

— Mais si, au moins, on était sûr que tous viendront... S'il y a des gens qui refusent de venir, je crois que je mourrai de honte...

Kampf grimaça un rire silencieux.

— S'il y a des gens qui refusent de venir, tu les inviteras de nouveau la prochaine fois, et de

---

note

1. maison close : lieu où se pratiquait la prostitution, avant l'interdiction de ces établissements et du proxénétisme par la loi du 15 avril 1946, dite « loi Marthe Richard ».

nouveau encore la fois suivante... Veux-tu que je te dise ? Au fond, pour avancer dans le monde, il ne faut que suivre à la lettre la morale de l'Évangile...

– Quoi ?

– Si on te donne un soufflet, tends l'autre joue[1]... Le monde[2], c'est la meilleure école de l'humilité chrétienne.

– Je me demande, dit Mme Kampf vaguement choquée, où tu vas chercher toutes ces sottises, mon ami.

Kampf sourit.

– Allons, allons, la suite... Voici quelques adresses sur ce bout de papier que tu n'auras qu'à recopier, Antoinette...

Mme Kampf se pencha sur l'épaule de sa fille qui écrivait sans lever le front :

– C'est vrai qu'elle a une très jolie écriture, très formée... Dis donc, Alfred, M. Julien Nassan, ce n'est pas celui qui a été en prison pour cette affaire d'escroquerie ?...

– Nassan ? Si.

---

notes

1. Si on te donne un soufflet, tends l'autre joue : citation approximative des Évangiles (Matthieu, 5-39 : « *Si quelqu'un te gifle sur la joue droite, tends-lui aussi l'autre* » et Luc, 6-29 :

« *À qui te frappe sur une joue présente encore l'autre* »).
2. Le monde : la bonne société parisienne.

– Ah ! murmura Rosine un peu étonnée.

Kampf dit :

– Mais d'où sors-tu ? Il a été réhabilité, on le reçoit partout, c'est un garçon charmant, et surtout un homme d'affaires de tout premier ordre...

– M. Julien Nassan, *23 bis*, avenue Hoche[1], relut Antoinette. Après, papa ?

– Il n'y en a que vingt-cinq, gémit Mme Kampf : jamais nous ne trouverons deux cents personnes, Alfred...

– Mais si, mais si, ne commence pas à t'énerver. Où est ta liste à toi ? Tous les gens que tu as connus à Nice, à Deauville, à Chamonix[2], l'année dernière...

Mme Kampf prit un bloc-notes sur la table.

– Le comte Moïssi, M., Mme et Mlle Lévy de Brunelleschi et le marquis d'Itcharra : c'est le gigolo[3] de Mme Lévy, on les invite toujours ensemble...

– Il y a un mari, au moins ? questionna Kampf d'un air de doute.

---

notes

1. *avenue Hoche :* avenue du VIIIe arrondissement donnant sur la place de l'Étoile à Paris. Adresse très bourgeoise située dans un quartier très coté.

2. *Nice, Deauville, Chamonix :* villes de villégiature de la bourgeoisie parisienne.
3. *gigolo :* jeune homme qui fait le commerce de ses charmes.

— Je comprends, ce sont des gens très bien. Il y a
encore des marquis, tu sais, il y en a cinq... Le
marquis de Liguès y Hermosa, le marquis... Dis
donc, Alfred, est-ce qu'on leur donne leurs titres
en parlant ? Je pense qu'il vaut mieux, n'est-ce pas ?
Pas monsieur le marquis, naturellement, comme
les domestiques, mais : cher marquis, ma chère
comtesse... sans cela les autres ne s'apercevraient
même pas que l'on reçoit des gens titrés[1]...

— Si on pouvait leur coller une étiquette dans le
dos, hein, tu aimerais ça ?

— Oh ! tes plaisanteries idiotes... Allons, Antoinette, dépêche-toi de copier tout ça, ma petite
fille...

Antoinette écrivit un moment, puis elle lut à voix
haute :

« Le baron et la baronne Levinstein-Lévy, le comte
et la comtesse du Poirier... »

— Ce sont Abraham et Rébecca Birnbaum, ils ont
acheté ce titre-là, c'est idiot, n'est-ce pas, de se faire
appeler du Poirier ?... Tant qu'à faire, moi, je...

Elle s'absorba dans une rêverie profonde.

note

1. titrés : se dit de personnes qui ont un titre
de noblesse.

– Comte et comtesse Kampf, simplement, murmura-t-elle, ça ne sonne pas mal.

– Attends un peu, conseilla Kampf, pas avant dix ans...

Cependant Rosine triait des cartes de visite jetées pêle-mêle dans une coupe de malachite[1] ornée de dragons chinois en bronze doré.

– Je voudrais bien savoir qui sont ces gens-là, tout de même, murmura-t-elle : c'est un lot de cartes que j'ai reçues pour la nouvelle année... Il y a des tas de petits gigolos que j'ai connus à Deauville...

– Il en faut le plus possible, ça meuble, et s'ils sont habillés proprement...

– Oh, mon cher, tu plaisantes, ils sont tous comtes, marquis, vicomtes pour le moins... Mais je ne peux arriver à mettre leurs noms sur leurs figures... ils se ressemblent tous. Mais ça ne fait rien au fond ; tu as bien vu comme on faisait chez les Rothwan de Fiesque ? On dit à tout le monde la même phrase exactement : « Je suis si heureuse... » et puis, si on est forcé de présenter deux personnes l'une à l'autre, on bafouille les noms... on n'entend jamais rien...

---

note

1. malachite : pierre verte présentant des nuances variées.

Tiens, Antoinette, ma petite, c'est un travail facile, tout ça, les adresses sont marquées sur les cartes...

420 — Mais, maman, interrompit Antoinette : ça, c'est la carte du tapissier...

— Qu'est-ce que tu racontes ? Fais voir. Oui, elle a raison ; mon Dieu, mon Dieu, je perds la tête, Alfred, je t'assure... Combien en as-tu, Antoinette ?

425 — Cent soixante-douze, maman.

— Ah ! tout de même !

Les Kampf poussèrent ensemble un soupir de satisfaction et se regardèrent en souriant, comme deux acteurs sur la scène après un troisième rappel[1],

430 avec une expression mêlée de lassitude heureuse et de triomphe.

— Ça ne va pas mal, hein ?

Antoinette demanda timidement :

— Est-ce que... est-ce que Mlle Isabelle Cossette,

435 ce n'est pas « ma » Mlle Isabelle ?

— Eh bien, mais si...

— Oh ! s'exclama Antoinette, pourquoi est-ce que tu l'invites ?

note

1. troisième rappel : à la fin d'un spectacle réussi, les spectateurs rappellent les acteurs par leurs applaudissements, pour qu'ils viennent sur scène saluer à nouveau le public.

Elle rougit aussitôt avec violence, pressentant le sec : « ça te regarde ? » de sa mère ; mais Mme Kampf expliqua avec embarras :

– C'est une très bonne fille... Il faut faire plaisir aux gens...

– Elle est mauvaise comme la gale, protesta Antoinette.

Mlle Isabelle, une cousine des Kampf, professeur de musique dans plusieurs familles de riches coulissiers[1] juifs, était une vieille fille plate, droite et raide comme un parapluie ; elle enseignait à Antoinette le piano et le solfège. Excessivement myope et ne portant jamais de lorgnon, car elle était vaine[2] de ses yeux assez beaux et de ses épais sourcils, elle collait sur les partitions son long nez charnu, pointu, bleu de poudre de riz, et, dès qu'Antoinette se trompait, elle lui donnait rudement sur les doigts, avec une règle d'ébène, plate et dure comme elle-même. Elle était malveillante et fureteuse comme une vieille pie. La veille des leçons, Antoinette murmurait avec ferveur dans sa prière du soir (son père s'étant converti à l'époque de son mariage, Antoinette avait

---

notes

1. coulissiers : courtiers en valeurs boursières.   **2. vaine :** fière, vaniteuse.

été élevée dans la religion catholique) : « Mon Dieu, faites que Mlle Isabelle meure cette nuit. »

— La petite a raison, remarqua Kampf surpris ; qu'est-ce qui te prend d'inviter cette vieille folle ? tu ne peux pas la sentir...

Mme Kampf haussa les épaules avec colère :

— Ah ! tu ne comprends rien... Comment veux-tu que la famille l'apprenne sans ça ? Dis donc, tu vois d'ici la tête de la tante Loridon qui s'est brouillée avec moi parce que j'avais épousé un Juif, et de Julie Lacombe et de l'oncle Martial, tous ceux dans la famille qui prenaient avec nous un petit ton protecteur parce qu'ils étaient plus riches que nous, tu te rappelles ? Enfin, c'est bien simple, si on n'invite pas Isabelle, si je ne sais pas que le lendemain ils crèveront tous de jalousie, j'aime autant ne pas donner de bal du tout ! Écris, Antoinette.

— Est-ce qu'on dansera dans les deux salons ?

— Naturellement, et dans la galerie... tu sais que notre galerie est très belle... je louerai des corbeilles de fleurs en quantité ; tu verras comme ce sera joli, dans la grande galerie, toutes ces femmes en grande toilette avec de beaux bijoux, les hommes en habit... Chez les Lévy de Brunelleschi, c'était un spectacle féerique... Pendant les tangos, on éteignait l'électricité, on laissait allumées seulement deux grandes lampes d'albâtre[1] dans les coins avec une lumière rouge...

– Oh ! je n'aime pas beaucoup ça, ça fait dancing[2].

– Ça se fait partout à présent, il paraît ; les femmes adorent se laisser tripoter en musique... Le souper, naturellement, par petites tables...

– Un bar, peut-être, pour commencer ?...

– C'est une idée... Il faut les dégeler dès qu'ils arrivent. On pourrait installer le bar dans la chambre d'Antoinette. Elle coucherait dans la lingerie ou le petit cabinet de débarras au bout du couloir, pour une nuit...

Antoinette tressaillit violemment. Elle était devenue toute pâle ; elle murmura d'une voix basse, étranglée :

– Est-ce que je ne pourrai pas rester seulement un petit quart d'heure ?

Un bal... Mon Dieu, mon Dieu, ce serait possible qu'il y eût là, à deux pas d'elle, cette chose splendide qu'elle se représentait vaguement comme un mélange confus de folle musique, de parfums

notes

1. albâtre : pierre blanche.

2. dancing : lieu où l'on danse, boîte de nuit (mot emprunté à l'anglais).

enivrants, de toilettes éclatantes... de paroles amou-
reuses chuchotées dans un boudoir¹ écarté, obscur et
510 frais comme une alcôve²... et qu'elle fût couchée ce
soir-là, comme tous les soirs, à neuf heures comme
un bébé... Peut-être des hommes qui savaient que
les Kampf avaient une fille demanderaient-ils où elle
était ; et sa mère répondrait avec son petit rire
515 détestable : « Oh, mais elle dort depuis longtemps,
voyons... » Et pourtant qu'est-ce que ça pouvait lui
faire qu'Antoinette, elle aussi, eût sa part de bonheur
sur cette terre ?... Oh ! mon Dieu, danser une fois,
une seule fois, avec une jolie robe, comme une vraie
520 jeune fille, serrée dans des bras d'homme... Elle
répéta avec une sorte de hardiesse désespérée en
fermant les yeux, comme si elle appuyait sur sa
poitrine un revolver chargé :

— Seulement un petit quart d'heure, dis, maman ?

525 — Quoi ? cria Mme Kampf stupéfaite, répète un
peu...

— Tu iras au bal de M. Blanc, dit le père.

Mme Kampf haussa les épaules :

---

notes

1. boudoir : petit salon de dame ; s'oppose
souvent au *fumoir* qui est un petit salon
d'homme.

2. alcôve : dans une chambre, renfoncement
où se trouve le lit ; au sens figuré, lieu des
rapports amoureux.

– Décidément, je crois que cette enfant est folle...

Antoinette cria tout à coup, la figure bouleversée :

– Je t'en supplie, maman, je t'en supplie... J'ai quatorze ans, maman, je ne suis plus une petite fille... je sais qu'on fait son entrée dans le monde à quinze ans ; j'ai l'air d'avoir quinze ans, et l'année prochaine...

Mme Kampf éclata subitement :

– Ça, par exemple, ça, c'est magnifique, cria-t-elle d'une voix enrouée de colère : cette gamine, cette morveuse, venir au bal, voyez-vous ça !... Attends un peu, je te ferai passer toutes ces idées de grandeur, ma fille... Ah ! tu crois que tu entreras « dans le monde » l'année prochaine ? Qu'est-ce qui t'a mis ces idées-là dans la tête ? Apprends, ma petite, que je commence seulement à vivre, moi, tu entends, moi, et que je n'ai pas l'intention de m'embarrasser de sitôt d'une fille à marier... Je ne sais pas ce qui me retient de t'allonger les oreilles pour te changer les idées, continua-t-elle sur le même ton, en faisant un mouvement vers Antoinette.

Antoinette recula et pâlit davantage ; une expression égarée, désespérée dans ses yeux, frappa Kampf d'une sorte de pitié.

— Allons, laisse-la, dit-il en arrêtant la main levée de Rosine : elle est fatiguée, énervée, cette petite, elle ne sait pas ce qu'elle dit... va te coucher, Antoinette.

Antoinette ne bougeait pas ; sa mère la poussa légèrement par les épaules :

— Allez, ouste, et sans répliquer ; file, ou bien gare...

Antoinette tremblait de tous ses membres, mais elle sortit avec lenteur sans une larme.

— Charmant, dit Mme Kampf quand elle fut partie : ça promet... D'ailleurs, j'étais toute pareille à son âge ; mais je ne suis pas comme ma pauvre maman qui n'a jamais su me dire non, à moi... Je la materai, je t'en réponds...

— Mais ça lui passera en dormant ; elle était fatiguée ; il est déjà onze heures ; elle n'a pas l'habitude de se coucher si tard : c'est ça qui l'aura énervée... Continuons la liste, c'est plus intéressant, dit Kampf.

III

Au milieu de la nuit, miss Betty fut réveillée par un bruit de sanglots dans la chambre voisine. Elle alluma l'électricité, écouta un moment à travers le mur. C'était la première fois qu'elle entendait pleurer la petite : quand Mme Kampf grondait, Antoinette, d'ordinaire, réussissait à ravaler ses larmes et ne disait rien.

— What's the matter with you, child ? Are you ill ?[1] demanda l'Anglaise.

Immédiatement les sanglots cessèrent.

— Je suppose, votre mère vous a grondée, c'est pour votre bien, Antoinette... demain vous lui demanderez pardon, vous vous embrasserez et ce sera fini ; mais à cette heure il faut dormir ;

---

note

1. What's [...] ill ? : « Qu'as-tu, mon enfant ? Es-tu malade ? »

voulez-vous une tasse de tilleul chaud ? Non ?
Vous pourriez me répondre, ma chérie, acheva-t-
elle comme Antoinette se taisait. Oh ! dear, dear,
c'est bien laid, une petite fille qui boude ; vous faites
de la peine à votre ange gardien...

Antoinette grimaça : « sale Anglaise » et tendit vers
le mur ses faibles poings crispés. Sales égoïstes,
hypocrites, tous, tous... Ça leur était bien égal
qu'elle suffoquât, toute seule, dans le noir à force de
pleurer, qu'elle se sentît misérable et seule comme
un chien perdu...

Personne ne l'aimait, pas une âme au monde...
Mais ils ne voyaient donc pas, aveugles, imbéciles,
qu'elle était mille fois plus intelligente, plus
précieuse, plus profonde qu'eux tous, ces gens qui
osaient l'élever, l'instruire... Des nouveaux riches
grossiers, incultes... Ah ! comme elle avait ri d'eux
toute la soirée, et ils n'avaient rien vu, naturellement... elle pouvait pleurer ou rire sous leurs yeux,
ils ne daignaient rien voir... une enfant de quatorze
ans, une gamine, c'est quelque chose de méprisable
et de bas comme un chien... de quel droit ils
l'envoyaient se coucher, la punissaient, l'inju-
riaient ? « Ah ! je voudrais qu'ils meurent. » Derrière
le mur, on entendait l'Anglaise respirer doucement

en dormant. De nouveau Antoinette recommença à pleurer, mais plus bas, goûtant les larmes qui coulaient sur les coins de sa bouche et à l'intérieur des lèvres ; brusquement, un étrange plaisir l'envahit ; pour la première fois de sa vie, elle pleurait ainsi, sans grimaces, ni hoquets, silencieusement, comme une femme... Plus tard, elle pleurerait, d'amour, les mêmes larmes... Un long moment, elle écouta rouler les sanglots dans sa poitrine comme une houle profonde et basse sur la mer... sa bouche trempée de larmes avait une saveur de sel d'eau... Elle alluma la lampe et regarda curieusement son miroir. Elle avait les paupières gonflées, les joues rouges et marbrées. Comme une petite fille battue. Elle était laide, laide... Elle sanglota de nouveau.

« Je voudrais mourir, mon Dieu faites que je meure... mon Dieu, ma bonne Sainte Vierge, pourquoi m'avez-vous fait naître parmi eux ? Punissez-les, je vous en supplie... Punissez-les une fois, et puis, je veux bien mourir... »

Elle s'arrêta et dit tout à coup, à voix haute :

« Et sans doute, c'est tout des blagues, le bon Dieu, la Vierge, des blagues comme les bons parents des livres et l'âge heureux... »

Ah ! oui, l'âge heureux, quelle blague, hein, quelle blague ! Elle répéta rageusement en mordant ses mains si fort qu'elle les sentit saigner sous ses dents :

« Heureux... heureux... j'aimerais mieux être morte au fond de la terre... »

L'esclavage, la prison, aux mêmes heures répéter de jour en jour les mêmes gestes... Se lever, s'habiller... les petites robes sombres, les grosses bottines, les bas à côtes, exprès, exprès comme une livrée[1], pour que personne dans la rue ne suive un instant du regard cette gamine insignifiante qui passe... Imbéciles, vous ne lui verrez jamais plus cette chair de fleur et ces paupières lisses, intactes, fraîches et cernées, et ces beaux yeux effrayés, effrontés, qui appellent, ignorent, attendent... Jamais, jamais plus... Attendre... et ces mauvais désirs... Pourquoi cette envie honteuse, désespérée, qui ronge le cœur en voyant passer deux amoureux au crépuscule, qui s'embrassent en marchant et titubent doucement, comme ivres... Une haine de vieille fille à quatorze ans ? Elle sait bien pourtant

---

note

1. livrée : costume de domestique.

qu'elle aura sa part ; mais c'est si long, ça ne viendra jamais, et, en attendant, la vie étroite, humiliée, les leçons, la dure discipline, la mère qui crie...

« Cette femme, cette femme qui a osé me menacer ! »

Elle dit exprès à voix haute :

« Elle n'aurait pas osé... »

Mais elle se rappelait la main levée.

« Si elle m'avait touchée, je la griffais, je la mordais, et puis... on peut toujours s'échapper... et pour toujours... la fenêtre... » pensa-t-elle fiévreusement.

Et elle se vit sur le trottoir, couchée, en sang... Pas de bal le 15... On dirait : « Cette petite, elle ne pouvait pas choisir un autre jour pour se tuer... » Comme sa mère avait dit : « Je veux vivre, moi, moi... » Peut-être, au fond, cela faisait plus mal encore que le reste... Jamais Antoinette n'avait vu dans les yeux maternels ce froid regard de femme, d'ennemie...

« Sales égoïstes ; c'est moi qui veux vivre, moi, moi, je suis jeune, moi... Ils me volent, ils volent ma part de bonheur sur la terre... Oh ! pénétrer dans ce bal par miracle, et être la plus belle, la plus éblouissante, les hommes à ses pieds ! »

Elle chuchota :

« Vous la connaissez ? C'est Mlle Kampf. Elle n'est pas régulièrement jolie, si vous voulez, mais elle a un charme extraordinaire... et si fine... elle éclipse toutes les autres, n'est-ce pas ? Quant à sa mère, elle a l'air d'une cuisinière à côté d'elle... »

Elle posa sa tête sur l'oreiller trempé de larmes et ferma les yeux ; une espèce de molle et lâche volupté détendait doucement ses membres las. Elle toucha son corps à travers la chemise, avec des doigts légers, tendrement, respectueusement... Beau corps préparé pour l'amour... Elle murmura :

– Quinze ans, ô Roméo, l'âge de Juliette[1]...

Quand elle aura quinze ans, la saveur du monde sera changée...

note

1. *Roméo, [...] Juliette :* adolescents amoureux, héros éponymes de *Roméo et Juliette* (1594-1595), tragédie du dramaturge anglais William Shakespeare. Ces jeunes gens sont le symbole de l'amour impossible : ils s'aiment en dépit de la haine qui sépare leurs deux familles et finissent par en mourir. La découverte des cadavres encore chauds des jeunes gens met fin à cette haine meurtrière.

IV

Le lendemain, Mme Kampf ne parla pas à Antoinette de la scène de la veille ; mais tout le temps que dura le déjeuner, elle s'attacha à faire sentir à sa fille sa mauvaise humeur par une série de ces réprimandes brèves où elle excellait quand elle était en colère.

– À quoi rêves-tu avec cette lèvre qui pend ? Ferme la bouche, respire par le nez. Comme c'est aimable pour des parents, une fille qui est toujours dans les nuages... Fais donc attention, comment est-ce que tu manges ? Tu as taché la nappe, je parie... Tu ne peux pas manger proprement à ton âge ? Et ne fais pas aller tes narines, je te prie, ma fille... tu dois apprendre à écouter les observations sans faire cette tête... tu ne daignes pas répondre ? tu as avalé ta langue ? Bon, des larmes mainte-nant, continua-t-elle en se levant et en jetant sa serviette sur la table ; tiens, j'aime mieux m'en aller que de voir cette figure devant moi, petite sotte.

Elle sortit en poussant violemment la porte ; Antoinette et l'Anglaise demeurèrent seules en face du couvert défait.

— Finissez donc votre dessert, Antoinette, chuchota Miss : vous serez en retard pour votre leçon d'allemand.

Antoinette, d'une main tremblante, porta à sa bouche le quartier de l'orange qu'elle venait de peler. Elle s'attachait à manger lentement, calmement, pour que le domestique, immobile derrière sa chaise, pût la croire indifférente à ces criailleries, méprisant « cette femme » ; mais, malgré elle, des larmes s'échappaient de ses paupières gonflées et coulaient rondes et brillantes sur sa robe.

Un peu plus tard, Mme Kampf entra dans la salle d'études ; elle tenait à la main le paquet d'invitations préparées :

— Tu vas à ta leçon de piano après le goûter, Antoinette ? Tu remettras à Isabelle son enveloppe et vous mettrez le reste à la poste, Miss.

— Yes, Mrs Kampf.

Le bureau de poste était plein de monde ; miss Betty regarda l'heure :

– Oh... nous n'avons pas le temps, il est tard, je passerai à la poste pendant votre leçon, chérie, dit-elle en détournant les yeux et les joues plus rouges encore qu'à l'ordinaire : ça vous... ça vous est égal, n'est-ce pas, chérie ?

– Oui, murmura Antoinette.

Elle ne dit plus rien ; mais, quand miss Betty, en lui recommandant de se dépêcher, l'eut laissée devant la maison où habitait Mlle Isabelle, Antoinette attendit un instant, dissimulée dans l'embrasure de la porte cochère et elle aperçut l'Anglaise qui se hâtait vers un taxi arrêté au coin de la rue. La voiture passa tout près d'Antoinette qui se haussait sur les pointes et regardait curieusement et peureusement à l'intérieur. Mais elle ne vit rien. Un moment elle demeura immobile, suivant des yeux le taxi qui s'éloignait.

« Je pensais bien qu'elle avait un amoureux... ils s'embrassent sans doute à présent comme dans les livres... Est-ce qu'il lui dit : "Je t'aime..." ? Et elle ? Est-ce qu'elle est... sa maîtresse ? pensa-t-elle encore avec une sorte de honte, de dégoût violent, mêlés d'obscure souffrance : libre, seule avec un homme... comme elle est heureuse... ils iront au Bois, sans doute. Je voudrais que maman les voie... ah ! je voudrais ! murmura-t-elle en serrant les poings : mais non, les amoureux ont du bonheur... ils sont heureux, ils sont ensemble, ils s'embrassent... Le monde entier est plein d'hommes et de femmes qui s'aiment... Pourquoi pas moi ? »

Son cartable d'écolière traînait devant elle, balancé à bout de bras. Elle le regarda avec haine, puis soupira, tourna lentement les talons, traversa la cour. Elle était en retard. Mlle Isabelle dirait : « On ne t'apprend donc pas que l'exactitude est le premier devoir d'une enfant bien élevée envers ses professeurs, Antoinette ? »

« Elle est bête, elle est vieille, elle est laide... » pensa-t-elle avec exaspération.

Tout haut, elle dévida :

– Bonjour, mademoiselle, c'est maman qui m'a retenue ; ce n'est pas de ma faute et elle m'a dit de vous remettre ceci...

Comme elle tendait l'enveloppe, elle ajouta avec une brusque inspiration :

– ... Et elle a demandé que vous me laissiez partir cinq minutes plus tôt que d'habitude...

Comme cela elle verrait peut-être revenir Miss accompagnée.

Mais Mlle Isabelle n'écoutait pas. Elle lisait l'invitation de Mme Kampf.

Antoinette vit rougir brusquement ses longues joues brunes et sèches.

– Comment ? Un bal ? Ta mère donne un bal ?

Elle tournait et retournait la carte entre ses doigts, puis elle la passa furtivement sur le dos de sa main. Était-elle gravée ou imprimée seulement ? Cela faisait au moins quarante francs de différence... Elle reconnut aussitôt la gravure au toucher... Elle haussa les épaules avec humeur. Ces Kampf avaient toujours été d'une vanité et d'une prodigalité[1] folles... Autrefois, quand Rosine travaillait à la Banque de Paris (et il n'y avait pas si longtemps de cela, mon Dieu !), elle dépensait son mois tout entier en toilettes... elle portait du linge de soie... des gants frais toutes les semaines... Mais elle allait dans les maisons de rendez-vous, sans doute... Seules, ces femmes-là avaient du bonheur... Les autres... Elle murmura amèrement :

note

1. prodigalité : générosité ; dépense avec excès.

– Ta mère a toujours eu de la chance...

« Elle rage », se dit Antoinette ; elle demanda avec une petite grimace malicieuse :

– Mais vous viendrez sûrement, n'est-ce pas ?

– Je vais te dire, je ferai l'impossible parce que j'ai vraiment beaucoup envie[1] de voir ta mère, dit Mlle Isabelle ; mais, d'autre part, je ne sais pas encore si je pourrai... Des amis, les parents d'une petite élève, ce sont les Gros, Aristide Gros, l'ancien chef de cabinet, ton père en a sûrement entendu parler, je les connais depuis des années – ils m'ont invitée au théâtre, et j'ai formellement promis, tu comprends ?... Enfin, je tâcherai d'arranger ça, conclut-elle sans préciser davantage : mais, en tous les cas, tu diras à ta mère que je serai enchantée, charmée de passer un moment avec elle...

– Bien, mademoiselle.

– Maintenant, travaillons, allons, assieds-toi...

Antoinette fit virer lentement le tabouret de peluche devant le piano. Elle aurait pu dessiner de mémoire les taches, les trous de l'étoffe... Elle

---

note

1. j'ai vraiment beaucoup envie : j'ai vraiment très envie.

commença ses gammes. Elle fixait avec une morne application un vase sur la cheminée, peint en jaune, noir de poussière à l'intérieur... Jamais une fleur... Et ces hideuses petites boîtes en coquillages sur les étagères... Comme c'était laid, misérable et sinistre, ce petit appartement noir où on la traînait depuis des années...

Tandis que Mlle Isabelle disposait les partitions, elle tourna furtivement la tête vers la fenêtre... (Il devait faire très beau au Bois, au crépuscule, avec ces arbres nus, délicats d'hiver et ce ciel blanc comme une perle...) Trois fois par semaine, toutes les semaines, depuis six ans... Est-ce que cela durerait jusqu'à ce qu'elle meure ?

– Antoinette, Antoinette, comment tiens-tu les mains ? Recommence-moi ça, je te prie... Est-ce qu'il y aura beaucoup de monde chez ta mère ?

– Je crois que maman a invité deux cents personnes.

– Ah ! Elle croit qu'il y aura suffisamment de place ? Elle ne craint pas qu'il fasse trop chaud, qu'on soit trop à l'étroit ? Joue plus fort, Antoinette, du nerf ; ta main gauche est molle, ma petite... Cette gamme-ci pour la prochaine fois et l'exercice n° 18 du troisième cahier de Czerny[1]...

Les gammes, les exercices... pendant des mois et des mois : *La Mort d'Ase*, les *Chansons sans paroles* de Mendelssohn[2], la Barcarolle[3] des *Contes d'Hoffmann*[4]... Et sous ses doigts raides d'écolière, tout cela se fondait en une espèce d'informe et bruyante clameur...

Mlle Isabelle battait fortement la mesure avec un cahier de notes roulé dans ses mains.

— Pourquoi appuies-tu ainsi tes doigts sur les touches ? *Staccato*, *Staccato*[5]... Tu crois que je ne vois pas comment tu tiens l'annulaire et l'auriculaire ? Deux cents personnes, tu dis ? Tu les connais tous ?

— Non.

— Est-ce que ta mère va mettre sa nouvelle robe rose de Premet[6] ?

— ...

notes

1. Karl Czerny (1791-1857), compositeur et pianiste autrichien, auteur d'ouvrages pédagogiques incontournables pour l'apprentissage du piano.
2. Felix Mendelssohn (1809-1847), compositeur allemand.
3. *Barcarolle :* chanson de gondolier vénitien ; par extension, pièce de musique à trois temps sur un rythme berceur.

4. Contes d'Hoffmann : opéra de Jacques Offenbach (1819-1880), représenté en 1881, après sa mort. Offenbach est surtout connu pour ses opérettes.
5. Staccato : jouer en détachant les notes (terme du vocabulaire de la musique).
6. Premet : célèbre couturier des années 1920-1930.

870 — Et toi ? Tu assisteras au bal, je suppose ? Tu es assez grande !

— Je ne sais pas, murmura Antoinette avec un frémissement douloureux.

— Plus vite, plus vite... voilà dans quel mouvement 875 ça doit être joué... une, deux, une, deux, une, deux... Allons, tu dors, Antoinette ? La suite, ma petite fille...

La suite... ce passage hérissé de dièses[1] où l'on bute à chaque coup... Dans l'appartement voisin un petit 880 enfant qui pleure... Mlle Isabelle a allumé la lampe... Dehors, le ciel s'est assombri, effacé... La pendule sonne quatre fois... Encore une heure perdue, sombrée, qui a coulé entre les doigts comme l'eau et qui ne reviendra plus... « Je voudrais m'en aller très 885 loin ou bien mourir... »

— Tu es fatiguée, Antoinette ? Déjà ? À ton âge, je jouais six heures par jour... Attends donc un peu, ne cours pas si vite, comme tu es pressée... À quelle heure faudra-t-il que je vienne le 15 ?

890 — C'est écrit sur la carte. Dix heures.

— C'est très bien. Mais je te verrai avant.

---

note

1. dièses : signes qui élèvent d'un demi-ton les notes devant lesquelles ils sont placés.

– Oui, mademoiselle…

Dehors, la rue était vide. Antoinette se colla contre le mur et attendit. Au bout d'un instant, elle reconnut le pas de miss Betty qui se hâtait au bras d'un homme. Elle se jeta en avant, buta dans les jambes du couple. Miss Betty poussa un faible cri.

– Oh, miss, je vous attends depuis un grand quart d'heure…

Un éclair elle eut presque sous les yeux le visage de Miss tellement changé qu'elle s'arrêta comme si elle hésitait à le reconnaître. Mais elle ne vit pas la petite bouche pitoyable, ouverte, meurtrie comme une fleur forcée[1] ; elle regardait avidement « l'homme ».

C'était un très jeune homme. Un étudiant. Un collégien peut-être, avec cette tendre lèvre enflammée par les premiers coups de rasoir… de jolis yeux effrontés… Il fumait. Tandis que Miss balbutiait des excuses, il dit tranquillement à haute voix :

– Présentez-moi, ma cousine.

– My cousin, Ann-toinette, souffla miss Betty.

Antoinette tendit la main. Le garçon rit un peu, se tut ; puis il parut réfléchir et enfin proposa :

---

note

1. fleur forcée : fleur dont la croissance a été accélérée artificiellement.

– Je vous accompagne, n'est-ce pas ?

Tous les trois ils descendirent en silence la petite rue vide et noire. Le vent poussait contre la figure d'Antoinette un air frais, mouillé de pluie, comme embué de larmes. Elle ralentit le pas, regarda les amoureux qui marchaient devant elle sans rien dire, serrés l'un contre l'autre. Comme ils allaient vite... Elle s'arrêta. Ils ne détournèrent même pas la tête. « Si une voiture m'écrasait, est-ce qu'ils entendraient seulement ? » pensa-t-elle avec une singulière amertume. Un homme qui passait la heurta ; elle eut un mouvement effrayé de recul. Mais ce n'était que l'allumeur de réverbères[1] ; elle vit comme il les touchait un à un avec sa longue perche, et ils s'enflammaient brusquement dans la nuit. Toutes ces lumières qui clignotaient et vacillaient comme des bougies au vent... Tout à coup, elle eut peur. Elle courut en avant de toutes ses forces.

Elle rejoignit les amoureux devant le pont Alexandre-III[2]. Ils se parlaient très vite, très bas dans la figure. En apercevant Antoinette, le garçon eut un geste impatienté. Miss Betty se troubla un moment ; puis, saisie d'une brusque inspiration, elle ouvrit son sac, en tira le paquet d'enveloppes.

— Tenez, chérie, voilà les invitations de votre maman que je n'ai pas encore mises à la poste… Courez vite jusqu'à ce petit bureau de tabac, là, dans la petite rue à gauche… vous voyez la lumière ? Vous les jetterez à la boîte. Nous vous attendons ici…

Elle fourra le paquet préparé dans la main d'Antoinette ; puis elle s'éloigna précipitamment. Au milieu du pont, Antoinette la vit s'arrêter de nouveau, attendre le garçon en baissant la tête. Ils s'appuyèrent contre le parapet.

Antoinette n'avait pas bougé. À cause de l'obscurité, elle ne voyait que deux ombres confuses et tout autour la Seine noire et pleine de reflets. Même quand ils s'embrassèrent, elle devina plutôt qu'elle ne vit le fléchissement, l'espèce de chute molle de deux visages l'un contre l'autre ; mais elle tordit brusquement les mains comme une femme jalouse… Dans le mouvement qu'elle fit, une enveloppe s'échappa et tomba à terre. Elle eut peur et la ramassa à la hâte, et, au même instant, elle eut honte de cette peur : quoi ? toujours trembler comme une petite fille ? Elle n'était pas digne d'être une femme. Et ces deux-là qui s'embrassaient toujours ? Ils n'avaient pas dénoué les lèvres... Une espèce de vertige s'empara d'elle, un besoin sauvage de bravade et de mal. Les dents serrées, elle saisit toutes les enveloppes, les froissa dans ses mains, les déchira et les lança toutes ensemble dans la Seine. Un long moment, le cœur dilaté, elle les regarda qui flottaient contre l'arche du pont. Et puis, le vent finit par les emporter dans l'eau.

V

Antoinette revenait de promenade avec Miss, il était près de six heures. Comme personne ne répondait à leur coup de sonnette, miss Betty frappa. Derrière la porte, elles entendirent un bruit de meubles qu'on traînait.

– Ils doivent être en train d'arranger le vestiaire, dit l'Anglaise : c'est pour ce soir, le bal ; moi, j'oublie toujours, et vous, chérie ?

Elle sourit à Antoinette d'un air de complicité craintive et tendre. Pourtant, elle n'avait pas revu, devant la petite, son jeune amant ; mais depuis cette dernière entrevue, Antoinette était tellement taciturne[1] qu'elle inquiétait Miss par son silence, ses regards...

Le domestique ouvrit la porte.

Aussitôt Mme Kampf, qui, dans la salle à manger
voisine, surveillait l'électricien, s'élança :

– Vous ne pouviez pas passer par l'escalier de
service, non ? cria-t-elle d'un ton furieux : vous
voyez bien qu'on met des vestiaires dans l'anti-
chambre. À présent, tout est à recommencer, ça ne
sera jamais fini, continua-t-elle en saisissant une
table pour aider le concierge et Georges qui arran-
geaient la pièce.

Dans la salle à manger et la longue galerie qui la
suivait, six serveurs en veste de toile blanche dispo-
saient les tables pour le souper. Au milieu le buffet
était dressé, tout orné de fleurs éclatantes.

Antoinette voulut entrer dans sa chambre ;
Mme Kampf cria de nouveau :

– Pas par là, ne va pas là... Il y a le bar chez toi, et
chez vous aussi, Miss, c'est occupé ; vous coucherez
dans la lingerie pour cette nuit, et toi, Antoinette,
dans le petit cabinet de débarras... c'est au bout de
l'appartement, tu pourras dormir, tu n'entendras
même pas la musique... Qu'est-ce que vous faites ?
dit-elle à l'électricien qui travaillait sans se presser en
chantonnant : vous voyez bien que cette ampoule
ne marche pas...

– Eh, il faut le temps, ma petite dame...

Rosine haussa les épaules avec irritation :

« ... Le temps, le temps, et il y a une heure qu'il est après », murmura-t-elle à mi-voix.

Elle serrait violemment les mains en parlant, d'un geste tellement identique à celui d'Antoinette en colère, que la petite, immobile sur le seuil, tressaillit brusquement, comme quand on se trouve, à l'improviste, devant un miroir.

Mme Kampf était vêtue d'une robe de chambre, les pieds nus dans des mules ; ses cheveux défaits se tordaient comme des serpents autour de son visage en feu. Elle aperçut le fleuriste, qui, les bras pleins de roses, s'efforçait de passer devant Antoinette adossée à la muraille :

– Pardon, mademoiselle.

– Allons, pousse-toi donc, voyons, cria-t-elle si brusquement qu'Antoinette en reculant heurta l'homme du coude et effeuilla une rose :

– Mais tu es insupportable, continua-t-elle d'une voix si forte que les verreries, sur la table, tintèrent ; qu'est-ce que tu fais ici, à te fourrer dans les jambes des gens, à embêter tout le monde ? Va-t'en, va dans ta chambre, non, pas dans ta chambre, dans la lingerie, où tu voudras ; mais qu'on ne te voie pas et que je ne t'entende pas !

Antoinette disparue, Mme Kampf traversa à la hâte la salle à manger, l'office[1] encombré de seaux à frapper le champagne[2], pleins de glace, et gagna le cabinet de travail de son mari. Kampf téléphonait. Elle attendit à peine qu'il eût raccroché le récepteur et aussitôt, elle s'exclama :

— Mais qu'est-ce que tu fais, tu n'es pas rasé ?

— À six heures ? mais tu es folle !

— D'abord, il est six heures et demie, et puis il peut y avoir encore des courses à faire à la dernière minute ; il vaut mieux être tout prêt.

— Tu es folle, répéta-t-il avec impatience : les domestiques sont là pour les courses...

— J'aime quand tu commences à faire l'aristocrate et le monsieur, dit-elle en haussant les épaules : « les domestiques sont là... » ; garde donc tes manières pour tes invités...

notes

1. office : pièce située avant la cuisine, où l'on dresse les plats avant de les servir.
2. seaux à frapper le champagne : petits seaux en métal dans lesquels on met de la glace et une bouteille de champagne pour la refroidir rapidement, c'est-à-dire la « frapper ».

Kampf grinça :

– Oh ! ne commence pas à t'énerver, hein !

– Mais comment veux-tu, cria Rosine, des larmes dans la voix, comment veux-tu que je ne m'énerve pas ! Rien ne va ! ces cochons de domestiques ne seront jamais prêts ! Il faut que je sois partout, que je surveille tout, et ça fait trois nuits que je ne dors pas ; je suis à bout, je sens que je deviens folle !...

Elle saisit un petit cendrier d'argent et le lança à terre ; mais cette violence parut la calmer. Elle sourit avec un peu de honte.

– Ce n'est pas ma faute, Alfred...

Kampf secoua la tête sans répondre. Comme Rosine s'en allait, il la rappela :

– Dis donc, écoute, je voulais te demander, tu n'as toujours rien reçu, pas une réponse des invités ?

– Non, pourquoi ?

– Je ne sais pas, ça me paraît drôle... Et c'est comme un fait exprès ; je voulais demander à Barthélemy s'il avait bien reçu sa carte, et voilà une semaine que je ne le vois pas à la Bourse... Si je téléphonais ?

– Maintenant ? Ce serait idiot.

– C'est tout de même drôle, dit Kampf.

1075 Sa femme l'interrompit :

— Eh bien, c'est que ça ne se fait pas de répondre, voilà tout ! On vient ou on ne vient pas... Et veux-tu que je te dise ? Ça me fait même plaisir... Ça veut dire que personne n'a pensé d'avance à nous 1080 faire faux bond... Ils se seraient excusés, au moins, tu ne crois pas ?

Comme son mari ne répondait rien, elle questionna avec impatience :

— N'est-ce pas, Alfred ? J'ai raison ? Hein ! 1085 Qu'est-ce que tu dis ?

Kampf écarta les bras.

— Je ne sais rien... Qu'est-ce que tu veux que je dise ? Je ne sais pas plus que toi...

Ils se regardèrent un moment en silence. Rosine 1090 soupira en baissant la tête.

— Oh ! mon Dieu, on est comme perdus, n'est-ce pas ?

— Ça passera, fit Kampf.

— Je sais bien, mais en attendant... Oh, si tu savais 1095 comme j'ai peur ! Je voudrais que ce soit déjà fini...

— Ne t'énerve pas, répéta mollement Kampf.

Lui-même tournait son coupe-papier dans les mains d'un air absent. Il recommanda :

– Surtout, parle le moins possible... des phrases
toutes faites... « Je suis heureuse de vous voir...
Prenez donc quelque chose... Il fait chaud, il fait
froid... »

– Ce qui sera terrible, dit Rosine d'un ton
soucieux, ce sera les présentations... Songe donc,
tous ces gens que j'ai vus une fois dans ma vie, c'est
à peine si je connais leurs figures... et qui ne se
connaissent pas, qui n'ont rien de commun entre
eux...

– Eh mon Dieu, tu bafouilleras quelque chose.
Après tout, tout le monde est dans notre cas, tout le
monde a commencé un jour.

– Te rappelles-tu, demanda brusquement Rosine,
notre petit appartement rue Favart ? Et comme on a
hésité avant de remplacer le vieux divan dans la salle
à manger qui était tout crevé ? Il y a quatre ans de ça,
et regarde... ajouta-t-elle en montrant les meubles
lourds de bronze qui les entouraient.

– Tu veux dire, demanda-t-il, que, dans quatre ans
d'ici, on recevra des ambassadeurs, et alors, nous
nous rappellerons comme nous étions ici ce soir à

trembler parce qu'une centaine de maquereaux[1] et de vieilles grues[2] devaient venir ? Hein ?

Elle lui posa en riant la main sur la bouche.

– Tais-toi, voyons !

1125 Comme elle sortait, elle se heurta au maître d'hôtel qui venait l'avertir au sujet des mossers[3] : ils n'étaient pas arrivés avec le champagne ; le barman croyait qu'il n'aurait pas assez de gin pour les cocktails.

Rosine se saisit la tête à deux mains.

1130 – Allons bon, il ne manquait plus que ça, commença-t-elle à clamer, vous ne pouviez pas me dire ça avant, non ? Où voulez-vous que je trouve du gin à cette heure-ci ? Tout est fermé... et les mossers...

1135 – Envoyez le chauffeur, ma chère, conseilla Kampf.

– Le chauffeur est allé dîner, dit Georges.

– Naturellement, cria Rosine hors d'elle, naturellement ! Il se fout bien... – elle se rattrapa – ça lui est 1140 bien égal si on a besoin ou non de lui, monsieur file,

---

notes

1. **maquereaux :** proxénètes (terme péjoratif). Les truands du milieu, parmi lesquels se recrutaient les proxénètes, portaient généralement des costumes à rayures – d'où, par analogie, le terme de *maquereau*, poisson dont le dos est rayé.

2. **grues :** prostituées, par analogie avec la grue, oiseau qui se tient debout de longues heures, comme la prostituée sur le trottoir.
3. **mossers :** mets servis à l'occasion d'un cocktail.

monsieur va dîner ! En voilà encore un que je balancerai demain à la première heure, ajouta-t-elle en s'adressant à Georges d'un ton si furieux que le valet pinça immédiatement ses longues lèvres rasées.

— Si Madame dit ça pour moi... commença-t-il.

— Mais non, mon ami, mais non, vous êtes fou... ça m'a échappé ; vous voyez bien que je suis énervée, dit Rosine en haussant les épaules ; prenez un taxi, et allez tout de suite chez Nicolas[1]... Donne-lui de l'argent, Alfred...

Elle se précipita dans sa chambre, redressant les fleurs au passage et gourmandant[2] les serveurs :

— Cette assiette de petits fours est mal placée, là... Redressez la queue du faisan davantage. Les sandwiches au caviar frais, où sont-ils ? Ne les mettez pas trop en avant : tout le monde se jettera dessus. Et les barquettes au foie gras ? Où sont les barquettes au foie gras ? Je parie qu'on a oublié les barquettes au foie gras ! Si je ne fourre pas mon nez partout !...

— Mais on est en train de les déballer, Madame, dit le maître d'hôtel.

notes

1. Nicolas : marchand de vin et d'alcool depuis 1822 ; enseigne encore existante de nos jours.

2. gourmandant : réprimandant.

Il la regardait avec une ironie mal dissimulée.

« Je dois être ridicule », pensa brusquement Rosine en apercevant dans la glace sa figure empourprée, ses yeux égarés, ses lèvres tremblantes. Mais, comme une enfant surmenée, elle sentait qu'elle ne pouvait pas se calmer malgré tous ses efforts ; elle était épuisée et prête aux larmes.

Elle rentra chez elle.

La femme de chambre disposait sur le lit la toilette de bal, en lamé d'argent, ornée d'épaisses franges de perles, les souliers qui brillaient comme des bijoux, les bas de mousseline.

— Madame va dîner de suite ? On servira le dîner ici pour ne pas déranger les tables sans doute...

— Je n'ai pas faim, dit Rosine avec emportement.

— Comme Madame voudra ; mais moi, je puis aller dîner, à la fin ? dit Lucie en serrant les lèvres, car Mme Kampf lui avait fait recoudre pendant quatre heures les perles de sa robe qui s'effilaient le long des franges : je ferai remarquer à Madame qu'il est près de huit heures et que les gens ne sont pas des bêtes.

— Mais allez, ma fille, allez, est-ce que je vous retiens ! s'exclama Mme Kampf.

Quand elle fut seule, elle se jeta sur le canapé et ferma les yeux ; mais la chambre était glacée, comme une cave : on avait éteint les radiateurs depuis le matin dans tout l'appartement. Elle se releva, s'approcha de la coiffeuse.

« Je suis à faire peur... »

Elle commença à farder minutieusement son visage ; d'abord, une couche épaisse de crème qu'elle malaxait des deux mains, puis le rouge liquide sur les joues, le noir sur les cils, la petite ligne légère qui allongeait les paupières vers les tempes, la poudre... Elle se maquillait avec une extrême lenteur, et, de temps en temps, elle s'arrêtait, elle prenait le miroir et elle dévorait des yeux son image avec une attention passionnée, anxieuse, et des regards à la fois durs, méfiants et rusés. Brusquement, elle saisit de ses doigts serrés un cheveu blanc sur la tempe ; elle l'arracha avec une grimace violente. Ah ! la vie était mal faite !... Son visage de vingt ans... ses joues en fleur... et des bas rapiécés, du linge raccommodé... À présent, les bijoux, les robes, les premières rides... tout cela va ensemble... Comme il fallait se hâter de vivre, mon Dieu, de plaire aux hommes, d'aimer... L'argent, les belles toilettes et les belles voitures, à quoi bon tout cela s'il n'y avait pas un homme dans la vie, un beau, un jeune amant ?... Cet amant... comme elle l'avait

attendu. Elle avait écouté et suivi des hommes qui lui parlaient d'amour quand elle était encore une pauvre fille, parce qu'ils étaient bien habillés, avec
1215 de belles mains soignées... Quels mufles[1], tous... Mais elle n'avait pas cessé d'attendre... Et maintenant, c'était la dernière chance, les dernières années avant la vieillesse, la vraie, sans remèdes, l'irréparable... Elle ferma les yeux, imagina de jeunes lèvres,
1220 un regard avide et tendre, chargé de désirs...

À la hâte, comme si elle courait à un rendez-vous d'amour, elle jeta son peignoir, commença à s'habiller : elle enfila ses bas, ses souliers, sa robe, avec l'agilité particulière de celles qui, toute leur vie,
1225 se sont passées de femmes de chambre. Les bijoux... Elle en avait un coffre plein... Kampf disait que c'étaient les plus sûrs placements... Elle mit son grand collier de perles à deux rangs, toutes ses bagues, à chaque bras des bracelets de diamants
1230 énormes qui les emprisonnaient des poignets jusqu'aux coudes ; puis elle fixa à son corsage un grand pendentif orné de saphirs, de rubis et

---

note

1. mufles : individus grossiers et mal élevés. Terme très familier qui, au sens propre, désigne le bout du museau d'une vache et d'autres animaux.

d'émeraudes. Elle rutilait, elle étincelait comme une châsse[1]. Elle recula de quelques pas, se regarda avec un sourire joyeux… La vie commençait enfin !… Ce soir même, qui sait ?…

---

note

1. *châsse* : coffre où l'on garde les reliques d'un saint. Objet de joaillerie très travaillé et luxueux.

VI

Antoinette et Miss finissaient de dîner sur une planche à repasser, étendue en travers de deux chaises dans la lingerie. Derrière la porte on entendait les domestiques courir dans l'office et un bruit de vaisselle heurtée. Antoinette ne bougeait pas, les mains serrées entre ses genoux. À neuf heures, Miss regarda sa montre.

– Il faut aller tout de suite au lit, chérie... vous n'entendrez pas la musique dans la petite chambre ; vous dormirez bien.

Comme Antoinette ne répondait pas, elle frappa en riant dans ses mains.

– Allons, réveillez-vous, Antoinette, qu'est-ce que vous avez ?

Elle la mena jusqu'à un petit cabinet de débarras, mal éclairé, et qu'on avait meublé à la hâte d'un lit de fer et de deux chaises.

En face, de l'autre côté de la cour, on apercevait les
fenêtres brillantes du salon et de la salle à manger.

– Vous pourrez voir danser les gens d'ici ; il n'y a
pas de volets, plaisanta miss Betty.

Quand elle fut partie, Antoinette vint coller
peureusement et avidement son front aux vitres ; un
grand pan de mur était illuminé par la clarté dorée,
ardente, des fenêtres. Des ombres passaient en
courant derrière les rideaux de tulle[1]. Les domestiques. Quelqu'un entr'ouvrit la baie ; Antoinette
perçut distinctement le bruit des instruments qu'on
accordait au fond du salon. Les musiciens étaient
déjà là... Mon Dieu, il était plus de neuf heures...
Toute la semaine, elle avait attendu confusément
une catastrophe qui engloutirait le monde à temps
pour que rien ne fût découvert ; mais le soir passait
comme tous les soirs. Dans un appartement voisin,
une horloge sonna la demie. Encore trente minutes,
trois quarts d'heure, et puis... Rien, il n'arriverait
rien, sans doute, puisque, lorsqu'elles étaient
rentrées ce jour-là, de promenade, Mme Kampf

note

1. *tulle :* tissu très léger et transparent.

avait demandé en se jetant sur Miss, avec cette impétuosité[1] qu'elle avait et qui faisait perdre immédiatement la tête aux gens nerveux : « Eh bien, vous avez mis les invitations à la poste ; vous n'avez rien perdu, rien égaré, vous êtes sûre ? » et que Miss avait dit : « Oui, Mrs Kampf. » Certainement, elle était responsable, elle seule... Et si on la renvoyait, tant pis, c'était bien fait, ça lui apprendrait.

« Je m'en fiche, je m'en fiche », balbutia-t-elle ; elle mordit avec emportement ses mains, qui, sous les jeunes dents aiguës, saignèrent.

« Et l'autre, elle pourra me faire ce qu'elle voudra, je n'ai pas peur, je m'en fiche ! »

Elle regarda la cour noircie et profonde sous la fenêtre.

« Je me tuerai, et, avant de mourir, je dirai que c'est à cause d'elle, voilà tout, murmura-t-elle : je n'ai peur de rien, je me suis vengée d'avance... »

Elle recommença à guetter ; la vitre s'embuait sous ses lèvres ; elle la frottait avec violence et, de nouveau, y collait son visage. À la fin, impatientée,

note

1. impétuosité : ardeur, vivacité.

elle ouvrit tout grand les deux battants. La nuit était pure et froide. Maintenant, elle voyait distinctement, de ses yeux perçants de quinze ans, les chaises rangées le long du mur, les musiciens autour du piano. Elle demeura immobile si longtemps qu'elle ne sentait plus ses joues ni ses bras nus. Un moment, elle s'hallucina jusqu'à penser que rien n'était arrivé, qu'elle avait vu en rêve le pont, l'eau noire de la Seine, les billets déchirés qui volaient dans le vent, et que les invités allaient entrer par miracle, et la fête commencer. Elle entendit sonner les trois quarts, et puis, dix coups... Les dix coups... Alors, elle tressaillit et se glissa hors de la pièce. Elle marchait vers le salon, comme un assassin novice qu'attire le lieu de son crime. Elle traversa le corridor, où deux serveurs, la tête renversée, buvaient à même le goulot des bouteilles de champagne. Elle gagna la salle à manger. Elle était déserte, toute prête, parée avec la grande table au milieu, chargée de gibier, de poissons en gelée, d'huîtres dans des plats d'argent, ornée de dentelles de Venise, avec les fleurs qui reliaient les assiettes, et les fruits en deux pyramides égales. Tout autour, les guéridons à quatre et six couverts brillaient de cristaux, de fine porcelaine, d'argent et de vermeil[1]. Plus tard, Antoinette ne put jamais comprendre comment elle avait osé traverser ainsi, dans toute sa longueur, cette grande chambre rutilante de lumières. Au seuil du salon, elle hésita un instant et puis elle avisa dans le boudoir voisin le grand canapé de soie ; elle se jeta sur les genoux, se faufila entre le dos du meuble et la tenture flottante ; il y avait juste une petite place où elle pourrait demeurer en serrant ses bras et ses genoux contre elle, et, en avançant la tête, elle voyait le salon comme une scène de théâtre. Elle tremblait doucement, toute gelée encore de sa longue station devant la fenêtre ouverte. À présent, l'appartement semblait endormi, calme, silencieux. Les musiciens parlaient à voix basse. Elle voyait le nègre avec ses dents brillantes, une dame en robe de soie, des cymbales comme une grosse caisse dans une fête foraine, un violoncelle énorme debout dans un coin. Le nègre soupira en effleurant de l'ongle une espèce de guitare qui bourdonna et gémit sourdement.

    – On commence et on finit de plus en plus tard, maintenant.

note

1. vermeil : argent recouvert d'une dorure.

La pianiste dit quelques mots qu'Antoinette n'entendit pas et qui firent rire les autres. Puis M. et Mme Kampf entrèrent brusquement.

1345 Lorsque Antoinette les aperçut, elle fit un mouvement comme pour s'enfoncer dans la terre ; elle s'écrasa contre la muraille, la bouche enfouie dans le creux de son coude replié ; mais elle entendait leurs pas qui se rapprochaient. Ils étaient tout près d'elle.

1350 Kampf s'assit dans un fauteuil en face d'Antoinette. Rosine tourna un instant dans la pièce ; elle alluma, puis elle éteignit les appliques de la cheminée. Elle étincelait de diamants.

– Assieds-toi, dit Kampf à voix basse, c'est idiot de 1355 t'agiter comme ça...

Elle se plaça de telle façon qu'Antoinette qui avait ouvert les yeux et avancé la tête, jusqu'à toucher de la joue le bois du canapé, vit sa mère debout en face d'elle, et elle fut frappée d'une expression sur ce 1360 visage impérieux[1], qu'elle n'avait jamais vue : une sorte d'humilité, de zèle[2], d'effroi...

– Alfred, tu crois que ce sera bien ? demanda-t-elle d'une voix pure et tremblante de petite fille.

notes

1. **impérieux :** autoritaire.
2. **zèle :** application, dévouement à une cause.

Alfred n'eut pas le temps de répondre ; car un coup de sonnette vibra brusquement à travers l'appartement.

Rosine joignit les mains.

– Oh, mon Dieu, ça commence ! chuchota-t-elle comme s'il se fût agi d'un tremblement de terre.

Tous les deux s'élancèrent vers la porte du salon ouverte à deux battants.

Au bout d'un instant, Antoinette les vit revenir, encadrant Mlle Isabelle qui parlait très haut, d'une voix différente elle aussi, inhabituelle, haute et pointue, avec de petits éclats de rire qui piquaient ses phrases comme des aigrettes[1].

« Celle-là encore que j'avais oubliée », pensa Antoinette avec épouvante.

Mme Kampf, radieuse à présent, parlait sans s'arrêter ; elle avait repris sa mine arrogante et joyeuse ; elle lançait des clins d'œil malicieux à son mari, en lui montrant furtivement la robe de Mlle Isabelle, en tulle jaune, avec, autour de son long cou sec, un boa[2] de plumes qu'elle tourmentait

notes

1. *aigrettes :* panaches, plumets.   2. *boa :* écharpe décorative ronde en plumes portée par les femmes élégantes dans les années 1920.

1385 des deux mains comme l'éventail de Célimène[1] ; un face-à-main[2] en argent pendait au bout du ruban de velours orange qui entourait son poignet.

– Vous ne connaissiez pas cette pièce, Isabelle ?

– Mais non, elle est très jolie, qui vous l'a 1390 meublée ? Oh ! c'est ravissant, ces petites potiches. Tiens, vous aimez encore ce style japonais, Rosine ? Moi, je le défends toujours ; je disais encore aux Bloch-Levy, l'autre jour, les Salomon, vous connaissez ? qui reprochaient à ce style d'être toc[3] et 1395 de faire « nouveau riche[4] » (selon leur expression) :

« Vous direz ce que vous voudrez, mais c'est gai, c'est vivant, et puis, que ce soit moins cher, par exemple, que le Louis XV[5], ce n'est pas un défaut, au contraire… »

1400 – Mais vous vous trompez absolument, Isabelle, protesta Rosine avec vivacité : le Chinois ancien, le Japonais, ça atteint des prix fous… Ainsi, cette potiche avec des oiseaux…

---

notes

1. **Célimène :** personnage de coquette du *Misanthrope* de Molière.
2. **face-à-main :** lunettes à manche que l'on tient à la main.
3. **toc :** faux, pas authentique.
4. **nouveau riche :** personne dont la richesse est récente et qui ne maîtrise pas les bonnes manières et le savoir-vivre des milieux bourgeois (expression très péjorative).

5. **Louis XV :** roi de France de 1715 à 1774. Les meubles de style Louis XV sont caractérisés par une riche ornementation, soit de marqueterie, soit de bronze, et par des formes très arrondies et ventrues. La bourgeoisie apprécie ce style qui lui permet de manifester sa richesse et son bon goût.

– Un peu bas d'époque...

– Mon mari l'a payée dix mille francs à l'Hôtel Drouot[1]... Qu'est-ce que je dis ? Dix mille francs, douze mille, n'est-ce pas, Alfred ? Oh ! je l'ai grondé, mais pas longtemps ; moi-même j'adore fureter, bibeloter, c'est ma passion.

Kampf sonna :

– Vous prendrez bien un verre de porto, n'est-ce pas, mesdames ? Apportez, dit-il à Georges qui entrait, trois verres de porto Sandeman et des sandwiches, des sandwiches au caviar...

Comme Mlle Isabelle s'était éloignée et examinait, à travers son face-à-main, un Bouddha doré sur un coussin de velours, Mme Kampf souffla rapidement :

– Des sandwiches, mais tu es fou, tu ne vas pas me faire déranger toute ma table pour elle ! Georges, vous apporterez des gâteaux secs dans la corbeille de Saxe[2], dans la corbeille de Saxe, vous m'entendez bien ?

– Oui, Madame.

---

notes

1. **Hôtel Drouot :** salle des ventes parisienne où se vendent et s'achètent aux enchères des meubles et des objets.

2. **corbeille de Saxe :** corbeille en porcelaine de la région allemande de Saxe ; encore une fois, objet luxueux, censé manifester la richesse et le bon goût de son propriétaire.

1425   Il revint au bout d'un instant avec le plateau et le carafon de Baccarat[1]. Les trois burent en silence. Puis Mme Kampf et Mlle Isabelle s'assirent sur le canapé derrière lequel Antoinette se cachait. Elle aurait pu toucher, en avançant la main, les souliers d'argent de
1430 sa mère et les escarpins de satin jaune de son professeur. Kampf marchait de long en large avec de furtifs regards à la pendule.

    — Et dites-moi un peu qui nous verrons ce soir ? demanda Mlle Isabelle.

1435   — Oh ! fit Rosine, quelques personnes charmantes, quelques vieilles barbes aussi, comme la vieille marquise de San Palacio, à qui je dois rendre sa politesse ; mais elle aime tellement à venir ici... Je l'ai vue hier, elle devait partir ; elle m'a dit : « Ma chère,
1440 j'ai retardé de huit jours mon départ pour le Midi à cause de votre soirée : on s'amuse tant chez vous... »

    — Ah ! vous avez déjà donné des bals ? questionna Mlle Isabelle en pinçant les lèvres.

    — Non, non, se hâta de dire Mme Kampf, des thés
1445 simplement ; je ne vous avais pas invitée parce que

---

note

1. carafon de Baccarat : petite carafe en cristal de la manufacture réputée de Baccarat (Meurthe-et-Moselle).

je sais que vous êtes tellement occupée dans la journée...

– Oui, en effet ; d'ailleurs, je pense assez à donner des concerts l'an prochain...

– Vraiment ? Mais c'est une excellente idée !

Elles se turent. Mlle Isabelle examina encore une fois les murs de la pièce.

– C'est charmant, tout à fait charmant, un goût...

De nouveau, ce fut le silence. Les deux femmes toussotèrent. Rosine lissa ses cheveux. Mlle Isabelle arrangea minutieusement sa jupe.

– Quel beau temps nous avons eu ces jours-ci, n'est-ce pas ?

Kampf, brusquement, intervint :

– Allons, nous n'allons pas rester comme ça, les bras croisés ? Comme les gens viennent tard, tout de même ! Vous avez bien mis dix heures sur vos cartes, n'est-ce pas, Rosine ?

– Je vois que je suis fort en avance.

– Mais non, ma chère, qu'est-ce que vous dites ? C'est une terrible habitude d'arriver si tard, c'est déplorable...

– Je propose un tour de danse, dit Kampf en frappant dans ses mains avec enjouement.

1470 — Mais naturellement, mais c'est une très bonne idée ! Vous pouvez commencer à jouer, cria Mme Kampf du côté de l'orchestre : un charleston[1].

— Vous dansez le charleston, Isabelle ?

— Mais oui, un petit peu, comme tout le monde...

1475 — Eh bien, vous ne manquerez pas de danseurs. Le marquis de Itcharra, par exemple, un neveu de l'ambassadeur d'Espagne, il prend tous les prix à Deauville, n'est-ce pas, Rosine ? En attendant, ouvrons le bal.

1480 Ils s'éloignèrent, et l'orchestre mugit dans le salon désert. Antoinette vit que Mme Kampf se levait, courait à la fenêtre et collait — elle aussi, pensa Antoinette, — son visage aux vitres froides. La pendule sonna dix heures et demie.

1485 — Mon Dieu, mon Dieu, mais qu'est-ce qu'ils font ? chuchota Mme Kampf avec agitation : que le diable emporte cette vieille folle, ajouta-t-elle presque à voix haute, et, tout aussitôt, elle applaudit et cria en riant :

1490 — Ah ! charmant, charmant ; je ne savais pas que vous dansiez comme cela, Isabelle.

note

1. **charleston :** ville de Caroline du Sud (États-Unis) qui a donné son nom à une danse noire américaine où l'on balance les jambes en gardant les genoux serrés. Cette danse, apportée par les troupes américaines, fut à la mode dans les années 1920-1925 en France.

– Mais elle danse comme Joséphine Baker[1], répondit Kampf à l'autre bout du salon.

La danse terminée, Kampf appela :

– Rosine, je vais conduire Isabelle au bar, ne soyez pas jalouse.

– Mais vous-même, vous ne nous accompagnez pas, ma chère ?

– Un instant si vous permettez, quelques ordres à donner aux domestiques et je vous rejoins...

– Je vais flirter toute la soirée avec Isabelle, je vous préviens, Rosine.

Mme Kampf eut la force de rire et de les menacer du doigt ; mais elle ne prononça pas une parole, et, dès qu'elle fut seule, elle se jeta de nouveau contre la fenêtre. On entendait les autos qui remontaient l'avenue ; quelques-unes ralentissaient devant la maison ; alors, Mme Kampf se penchait et dévorait des yeux la rue noire d'hiver, mais les autos s'éloignaient, le bruit du moteur s'affaiblissait, se perdait dans l'ombre. À mesure que l'heure avançait, d'ailleurs, les autos se faisaient de plus en plus rares, et de longues minutes on n'entendait pas un son sur

note

1. Joséphine Baker : chanteuse et danseuse noire américaine (1906-1975), vedette de la *Revue nègre* en 1925 à Paris.

l'avenue déserte comme en province ; seulement le
bruit du tramway dans la rue voisine, et des coups de
klaxon lointains, adoucis, allégés par la distance...

Rosine claquait des mâchoires, comme prise de
fièvre. Onze heures moins le quart. Onze heures
moins dix. Dans le salon vide, une pendulette
sonnait à petits coups pressés, au timbre argentin, vif
et clair ; celle de la salle à manger répondait, insistait,
et, de l'autre côté de la rue, une grande horloge au
fronton d'une église battait lentement et gravement,
de plus en plus fort à mesure que passaient les heures.

— ... Neuf, dix, onze, cria Mme Kampf avec désespoir en levant au ciel ses bras pleins de diamants ;
mais qu'est-ce qu'il y a ? Mais qu'est-ce qui est
arrivé, mon doux Jésus ?

Alfred rentrait avec Isabelle ; ils se regardèrent tous
les trois sans parler.

Mme Kampf rit nerveusement :

— C'est un peu étrange, n'est-il pas vrai ? Pourvu
qu'il ne soit rien arrivé...

— Oh ! ma chère petite, à moins d'un tremblement
de terre, dit Mlle Isabelle d'un ton de triomphe.

Mais Mme Kampf ne se rendait pas encore. Elle
dit, en jouant avec ses perles, mais la voix enrouée
d'angoisse :

– Oh ! ça ne veut rien dire ; figurez-vous l'autre jour, j'étais chez mon amie, la comtesse de Brunelleschi : les premiers invités ont commencé à venir à minuit moins le quart. Ainsi...

– C'est bien ennuyeux pour la maîtresse de maison, bien énervant, murmura Mlle Isabelle avec douceur.

– Oh ! c'est... c'est une habitude à prendre, n'est-ce pas ?

À cet instant, un coup de sonnette retentit. Alfred et Rosine se ruèrent vers la porte.

– Jouez, cria Rosine aux musiciens.

Ils attaquèrent un blues avec vigueur. Personne ne venait. Rosine n'y put tenir davantage. Elle appela :

– Georges, Georges, on a sonné, vous n'avez pas entendu ?

– Ce sont les glaces qu'on apporte de chez Rey[1].

Mme Kampf éclata :

– Mais je vous dis qu'il est arrivé quelque chose, un accident, un malentendu, une erreur de date, d'heure, je ne sais pas, moi ! Onze heures dix, il est onze heures dix, répéta-t-elle avec désespoir.

---

note

1. **Rey :** glacier parisien célèbre.

— Onze heures dix déjà ? s'exclama Mlle Isabelle ; mais parfaitement, mais vous avez raison, le temps passe vite chez vous, mes compliments... Il est même le quart, je crois, vous l'entendez qui sonne ?

1565 — Eh bien, on ne va pas tarder à venir maintenant ! dit Kampf d'une voix forte.

De nouveau, ils s'assirent tous les trois ; mais ils ne parlaient plus. On entendait les domestiques qui riaient aux éclats dans l'office.

1570 — Va les faire taire, Alfred, dit enfin Rosine d'une voix tremblante de fureur : va !

À onze heures et demie, la pianiste parut.

— Est-ce qu'il faut attendre plus longtemps, madame ?

1575 — Non, allez-vous-en, allez-vous-en tous ! cria brusquement Rosine, qui semblait prête à se rouler dans une crise de nerfs : on va vous payer, et allez-vous-en ! Il n'y aura pas de bal, il n'y aura rien : c'est un affront, une insulte, un coup monté par des

1580 ennemis pour nous ridiculiser, pour me faire mourir ! Si quelqu'un vient maintenant, je ne veux pas le voir, vous entendez ? continua-t-elle avec une violence croissante : vous direz que je suis partie, qu'il y a un malade dans la maison, un mort, ce que

1585 vous voudrez !

Mlle Isabelle s'empressa :

– Voyons, ma chère, tout espoir n'est pas perdu. Ne vous tourmentez pas ainsi, vous vous rendrez malade... Naturellement, je comprends ce que vous devez éprouver, ma chère, ma pauvre amie : mais le monde est si méchant, hélas !... Vous devriez lui dire quelque chose, Alfred, la dorloter, la consoler...

– Quelle comédie ! siffla Kampf entre ses dents serrées, la figure blêmie ; allez-vous vous taire à la fin ?

– Voyons, Alfred, ne criez pas, câlinez-la au contraire...

– Eh ! s'il lui plaît de se rendre ridicule !

Il tourna brusquement les talons et interpella les musiciens :

– Qu'est-ce que vous faites encore là, vous ? Combien est-ce qu'on vous doit ? Et filez immédiatement, nom de Dieu...

Mlle Isabelle ramassa lentement son boa de plumes, son face-à-main, son sac.

– Il conviendrait mieux que je me retire, Alfred, à moins que je ne puisse vous être utile en quoi que ce soit, mon pauvre ami...

1610 Comme il ne répondait rien, elle se pencha, baisa le front de Rosine immobile, qui ne pleurait même pas, et demeurait les yeux fixes et secs :

— Adieu, ma chérie, croyez bien que je suis désespérée, que je prends la plus grande part, chuchota-
1615 t-elle, machinalement, comme au cimetière ; non, non, ne me reconduisez pas, Alfred, je m'en vais, je pars, je suis partie ; pleurez tout à votre aise, ma pauvre amie, ça soulage, jeta-t-elle encore une fois de toutes ses forces au milieu du salon désert.

1620 Alfred et Rosine l'entendirent, tandis qu'elle traversait la salle à manger, dire aux domestiques :

— Surtout, ne faites pas de bruit ; Madame est très énervée, très éprouvée.

Et, enfin, le bourdonnement de l'ascenseur et le
1625 choc sourd de la porte cochère ouverte et refermée.

— Vieux chameau, murmura Kampf ; si, au moins...

Il n'acheva pas. Rosine, brusquement dressée, la figure ruisselante de larmes, lui montrait le poing en
1630 criant :

— C'est toi, imbécile, c'est ta faute, c'est ta sale vanité, ton orgueil de paon, c'est à cause de toi !... Monsieur veut donner des bals ! Recevoir ! Non, c'est à mourir de rire ! Ma parole, tu crois que les gens ne savent pas qui tu es, d'où tu sors ! Nouveau riche ! Ils se sont bien foutus de toi, hein, tes amis, tes beaux amis, des voleurs, des escrocs !

– Et les tiens, tes comtes, tes marquis, tes maquereaux !

Ils continuèrent à crier ensemble, un flot de paroles emportées, violentes, qui coulaient comme un torrent. Puis Kampf, les dents serrées, dit plus bas :

– Quand je t'ai ramassée, tu avais traîné, Dieu sait où, déjà ! Tu crois que je ne sais rien, que je n'avais rien vu ! Moi, je pensais que tu étais jolie, intelligente, que si je devenais riche, tu me ferais honneur... Je suis bien tombé, il n'y a pas à dire, c'est une bonne affaire, des manières de poissarde[1], une vieille femme avec des manières de cuisinière...

– D'autres s'en sont contentés...

– Je m'en doute. Mais ne me donne pas de détails. Demain, tu le regretterais...

– Demain ? Et tu crois que je resterai une heure encore avec toi après tout ce que tu m'as dit ? Brute !

note

1. poissarde : femme grossière et du bas peuple (terme très péjoratif).

— Va-t'en ! Va au diable !

Il partit en claquant les portes.

Rosine appela :

— Alfred, reviens !

Et elle attendit, la tête tournée vers le salon, haletante, mais il était loin déjà... Il descendait l'escalier. Dans la rue, sa voix furieuse cria quelque temps : « Taxi, taxi... » puis s'éloigna, cassa au coin d'une rue.

Les domestiques étaient montés, laissant partout les lumières qui brûlaient, les portes battantes... Rosine demeurait sans bouger, dans sa robe brillante et ses perles, écroulée au creux d'un fauteuil.

Brusquement, elle eut un mouvement emporté, si vif et si soudain qu'Antoinette tressaillit, et, en reculant, heurta du front le mur. Elle se tapit davantage, tremblante ; mais sa mère n'avait rien entendu. Elle arrachait ses bracelets l'un après l'autre, les jetait à terre. L'un d'eux, beau et lourd, tout orné de diamants énormes, roula sous le canapé, aux pieds d'Antoinette. Antoinette, comme clouée à sa place, regardait.

Elle vit le visage de sa mère où les larmes coulaient, se mêlant au fard, un visage plissé, grimaçant, empourpré, enfantin, comique... touchant... Mais

Antoinette n'était pas touchée ; elle ne ressentait rien d'autre qu'une sorte de dédain, d'indifférence méprisante. Plus tard, elle dirait à un homme : « Oh, j'étais une petite fille terrible, vous savez ? Figurez-vous qu'une fois... » Brusquement, elle se sentit riche de tout son avenir, de toutes ses jeunes forces intactes et de pouvoir penser : « Comment peut-on pleurer ainsi, à cause de ça... Et l'amour ? Et la mort ? Elle mourra un jour... l'a-t-elle oublié ? »

Les grandes personnes souffraient donc, elles aussi, pour ces choses futiles et passagères ? Et elle, Antoinette, elle les avait craints, elle avait tremblé devant eux, leurs cris, leurs colères, leurs vaines et absurdes menaces... Doucement, elle se glissa hors de sa cachette. Un moment encore, dissimulée dans l'ombre, elle regarda sa mère qui ne sanglotait pas, mais demeurait toute ramassée sur elle-même, les larmes coulant jusqu'à sa bouche sans qu'elle les essuyât. Puis elle se dressa, s'approcha.

– Maman.

Mme Kampf sauta brusquement sur sa chaise.

– Qu'est-ce que tu veux, qu'est-ce que tu fais ici ? cria-t-elle nerveusement : va-t'en, va-t'en, tout de suite ! fiche-moi la paix ! Je ne peux pas être une minute tranquille dans ma propre maison à présent !

Antoinette, un peu pâle, ne bougeait pas, la tête baissée. Ces éclats de voix sonnaient à ses oreilles, faibles et privés de leur puissance, comme un tonnerre de théâtre. Un jour, bientôt, elle dirait à un homme : « Maman va crier, mais tant pis... »

Elle avança doucement la main, la posa sur les cheveux de sa mère, les caressa avec des doigts légers, un peu tremblants.

– Ma pauvre maman, va...

Un instant encore, Rosine, machinalement, se débattit, la repoussa, secoua sa figure convulsée :

– Laisse-moi, va-t'en... laisse, je te dis...

Et puis une expression faible, vaincue, pitoyable, passa sur ses traits :

– Ah ! ma pauvre fille, ma pauvre petite Antoinette ; tu es bien heureuse, toi ; tu ne sais pas encore comme le monde est injuste, méchant, sournois... Ces gens qui me faisaient des sourires, qui m'invitaient, ils riaient de moi derrière mon dos, ils me méprisaient, parce que je n'étais pas de leur monde, des tas de chameaux, de... mais tu ne peux pas comprendre, ma pauvre fille ! Et ton père !... Ah ! tiens, je n'ai que toi !... acheva-t-elle tout à coup, je n'ai que toi, ma pauvre petite fille...

30 Elle la saisit dans ses bras. Comme elle collait contre ses perles le petit visage muet, elle ne le vit pas sourire. Elle dit :

– Tu es une bonne fille, Antoinette...

35 C'était la seconde, l'éclair insaisissable où « sur le chemin de la vie » elles se croisaient, et l'une allait monter, et l'autre s'enfoncer dans l'ombre. Mais elles ne le savaient pas. Cependant Antoinette répéta doucement :

– Ma pauvre maman...

Paris, 1928.

Dossier
d'accompagnement

Irène Némirovsky :
un génie en exil

UNE ENFANCE RUSSE

Une vie aisée dans une Russie ségrégationniste

Irène Némirovsky naît en 1903, à Kiev, en Ukraine, dans une famille juive. Son père est banquier. La Russie, à cette époque, est ségrégationniste : l'accès des Juifs à certaines professions, à l'Université et à certaines villes est limité par des quotas. Les « pogroms » (violences antisémites) sont fréquents et suivent les événements historiques – par exemple, celui du 18 octobre 1905 qui succède à la première Révolution russe – ; mais, le plus souvent, ils se déroulent dans les quartiers populaires juifs, comme le « Podol » à Kiev, et épargnent de fait les quartiers riches où vit la famille Némirovsky.

Léon Némirovsky, le père d'Irène, ne pratique pas sa religion et n'est pas attaché au judaïsme, même s'il n'a pas franchi le cap de la conversion au catholicisme, suffisant en Russie pour ne plus être concerné par les lois frappant les Juifs. Irène est ainsi partagée entre son origine juive et son appartenance à la société russe, riche, cultivée, raffinée, et qui vit à l'heure européenne : elle est élevée par Marie, une gouvernante française surnommée « Zézelle », qui lui enseigne l'histoire, le français (la seule langue que lui parle sa mère), et lui apprend les comptines françaises.

En 1910, le délabrement de la Russie est partout perceptible : les propriétés sont mal entretenues, les maisons en ruine, les récoltes peu abondantes. En 1911, les troubles politiques (Bagrov assassine le Premier ministre Stolypine) et le prétendu assassinat d'un enfant par l'ouvrier juif Mendel Beiliss (crime dont il sera innocenté) attisent les haines antisémites.

Biographie et contexte d'écriture

Seule entre la Russie et la France

À Paris, Cannes ou Biarritz, où la famille Némirovsky passe les beaux jours, Irène reste le plus souvent seule. La jeune fille, asthmatique, fait de fréquents séjours dans les villes d'eau : Vichy, Plombières...

En 1913, les Némirovsky s'installent à Saint-Pétersbourg. Les affaires sont si florissantes qu'ils emménagent, l'année suivante, dans un appartement magnifique, « *une enfilade de salons blanc et or, dont une infinité de miroirs multipliait encore la longueur* » (Élisabeth Gille, *op. cit.*), que rappelle l'appartement des Kampf dans *Le Bal*.

Un long exil

La Première Guerre mondiale

Mais la Première Guerre mondiale pointe à l'horizon : un voyage en France est d'abord annulé, puis, en août 1914, la guerre est déclarée. Rapidement l'atmosphère s'assombrit, avec le retour de blessés de plus en plus nombreux, les premières défaites et le début des restrictions. En 1917, Marie, la gouvernante qui a tout enseigné à Irène, est renvoyée par Fanny et se suicide par noyade dans un canal de Saint-Pétersbourg.

La Révolution russe de 1917

L'année suivante, la famille Némirovsky fuit la révolution d'Octobre et se terre à Moscou. Mais ce n'est qu'une étape : en janvier 1918, la mère et la fille fuient vers la Finlande, déguisées en paysannes, avec leurs bijoux et leur argent dissimulés dans la doublure de leurs vêtements. Le père vient ensuite les retrouver et, jusqu'en juillet 1919, la famille séjourne à Stockholm (où il a transféré ses affaires), avant de partir s'installer à Paris, rue de la Pompe, dans le quartier de l'Étoile, comme nombre d'émigrés russes « blancs » qui ont fui la révolution bolchevique.

Le père étant parvenu à sauver sa fortune et à poursuivre son travail pour le compte de plusieurs banques, la famille Némirovsky continue malgré tout à vivre dans l'opulence.

ÉTUDIANTE À PARIS

Une vocation naissante d'écrivain

À son retour à Paris, Irène a 16 ans ; malgré son âge, on lui adjoint une gouvernante anglaise, Miss Matthews, juste avant que sa mère parte seule à Nice se remettre des fatigues du voyage.

Irène, elle, a profité de ce voyage pour fortifier sa vocation naissante d'écrivain. Ayant lu et admiré Dickens, Balzac et Maupassant durant son séjour dans une auberge de Finlande où elle et sa mère ont trouvé refuge avec d'autres émigrés russes, puis les auteurs français modernes à Helsinki, Irène s'en inspire pour rédiger chaque jour « *deux ou trois pages sur les occupants de l'hôtel, leurs attitudes et leurs manies, leur façon de s'habiller ou de parler, leurs faits et gestes quotidiens* » (Élisabeth Gille, *op. cit.*).

À leur arrivée à Paris, Irène passe sous silence cette volonté de devenir écrivain, mais demande à passer son baccalauréat – qu'elle obtiendra en 1921 –, pour suivre ensuite des études littéraires à la Sorbonne.

Une jeune fille délaissée mais libre

Fanny méprise sa fille et est incapable de s'occuper de celle qui devient, à ses yeux, une rivale. Obsédée par son propre vieillissement, elle refuse de voir Irène grandir. Son père, de son côté, voyage beaucoup pour ses affaires (en Suède, à New York, en Chine). Il sait qu'il ne peut pas compter sur son épouse, continuellement en train de festoyer, pour le seconder. Aussi embauche-t-il comme dame de compagnie Julie Dumot, naguère au service de Tristan Bernard.

En contrepartie de cet abandon maternel et des longues absences de son père, Irène jouit d'une certaine liberté : autorisée à s'installer seule avec Miss Matthews, elle fréquente les milieux russes. C'est là qu'elle rencontre Michel Epstein, un banquier comme son père, avec qui elle se fiancera en 1925. Inscrite à la Sorbonne, elle y suit, avec une certaine nonchalance, des cours de littérature russe et de littérature française, de 1922 à 1925. Elle profite des « années folles », sort beaucoup avec ses camarades russes, court les bars à la mode comme *Le Pré catelan*. Cela ne l'empêche pas d'obtenir ses certificats de licence et de commencer à publier, en 1924 et à l'insu de ses parents, des dialogues comiques dans la revue *Fantasio*, sous le pseudonyme de « Topsy ».

L'ÉCRIVAIN À SUCCÈS

David Golder

En 1926, Irène commence la rédaction de *David Golder*. Elle y dépeint de manière très critique et assez impitoyable le milieu des financiers juifs, les décrivant comme des parvenus arrivistes que seuls l'argent et les apparences intéressent. Elle envoie le roman à Bernard Grasset en 1929, avec pour seule adresse une poste restante, puis, en novembre, elle donne naissance à sa première fille, Denise. Relevant de couches, elle délaisse sa boîte postale, alors que Bernard Grasset, emballé par le roman, cherche son auteur dans tout Paris, allant jusqu'à passer une annonce dans la presse : « *Cherche auteur ayant déposé manuscrit aux éditions Grasset sous nom Epstein.* »

Rendez-vous est finalement pris. L'éditeur, qui s'attendait à rencontrer un écrivain chevronné, est surpris de découvrir une jeune femme de 26 ans. Bernard Grasset est un spécialiste des campagnes de promotion choc, lui qui s'est déjà fait remarquer par le lancement époustouflant du *Diable au corps* de Radiguet en 1923. Il décide de jouer à nouveau la carte du jeune auteur et rajeunit Irène de deux ans.

La critique est dithyrambique. André Thérive, dans *Le Temps* (10 janvier 1930), écrit : « *On n'en saurait douter,* David Golder *est un chef-d'œuvre.* » On est surpris et admiratif de voir une si jeune femme maîtriser son art à la perfection, au point que Frédéric Lefevre écrit dans *Les Nouvelles littéraires* : « *Pour tout dire, je me résignais difficilement à admettre qu'un livre si riche d'expérience humaine, de connaissances des affaires, fût l'œuvre d'une femme de vingt-quatre ans.* »

En quelques semaines, Irène devient la coqueluche du Tout-Paris littéraire, d'autant que son éditeur Grasset l'introduit dans les salons de Marie de Régnier et d'Hélène Morand.

Le roman est adapté au cinéma par Julien Duvivier et au théâtre de la Porte-Saint-Martin par Fernand Nozière. Comment ne pas identifier Fanny, sa mère, avec Gloria, l'épouse de David Golder, personnage immoral et d'une très grande rapacité. La rupture entre la mère et la fille est consommée.

Le Bal

L'année suivante, en 1930, reparaît *Le Bal* qu'Irène Némirovsky avait déjà publié en 1929 sous le pseudonyme de Pierre Nerey. Ce livre connaît aussi un vif succès. Dans un entretien, l'auteur a expliqué s'être inspiré d'une scène vue sur le pont Alexandre-III. Alors qu'elle éprouvait des difficultés dans la rédaction de *David Golder*, elle avait observé, lors d'une promenade, une fillette regardant la Seine d'un air mélancolique et, non loin de là, une femme semblant guetter quelqu'un.

Une œuvre en construction

Irène publie ensuite régulièrement : *Les Mouches d'automne* en 1931, *L'Affaire Courilof* en 1933, *Le Pion sur l'échiquier* et l'ouvrage très largement autobiographique *Le Vin de solitude* en 1935, *Jézabel* en 1936, *La Proie* en 1938 et *Deux* en 1939.

LA DESCENTE AUX ENFERS

L'Europe s'enfonce dans la nuit

En 1933, Hitler prend le pouvoir en Allemagne et adopte des lois antijuives ; il envahit l'Autriche, puis la Pologne. La France et l'Angleterre déclarent la guerre à l'Allemagne le 3 septembre 1939, mais la débâcle française précipite son invasion, l'écroulement de la IIIᵉ République et son remplacement par l'État français, présidé par le maréchal Pétain à Vichy.

Pourtant, Irène et son mari font confiance à la France, terre des droits de l'homme et de la générosité. Selon sa fille Denise Epstein, « *il faut se souvenir qu'elle avait déjà vécu un exil : elle était née à Kiev en 1903 et sa famille avait dû fuir la Révolution russe. Je crois aussi que longtemps la France a été pour elle le pays où les Juifs étaient des Français comme les autres* » (entretien donné au magazine *Elle*, le 11 octobre 2004).

Écrivain de langue française, mère de deux enfants français, installée en France avec sa famille depuis vingt ans et très détachée de ses origines juives, Irène ne voit pas venir le danger et reste sourde aux multiples signaux d'alerte que lui donnent l'actualité et son entourage, d'autant que son père, mort en 1932 d'une crise cardiaque, n'est plus là pour la conseiller.

Par ailleurs, les multiples démarches d'Irène et de son mari pour être naturalisés restent sans suite.

L'Occupation et les premières lois antijuives

En 1940, les troupes allemandes occupent Paris. Un gouvernement collaborationniste s'installe à Vichy et édicte des lois antijuives : les Juifs sont écartés de nombreux métiers, leurs biens saisis et pillés ; puis vient le temps où ils sont pourchassés, emprisonnés et déportés. Michel Epstein ne peut ainsi plus exercer son métier de banquier et Irène ne peut plus publier ni percevoir ses droits d'auteur, les éditeurs étant contraints de verser les droits des auteurs juifs sur des comptes bloqués.

La fuite après l'exode

Après l'exode de 1940, Irène et son mari trouvent réfuge avec leurs deux filles, Denise et Élisabeth, à Issy-l'Évêque, un petit village du Morvan. Leur situation est très critique. Nombre de leurs amis parisiens se détournent d'eux, à l'exception notable du nouvel éditeur d'Irène Némirovsky depuis 1934, Albin Michel. Robert Esménard, gendre d'Albin Michel, et André Sabatier, directeur littéraire, se démènent pour leur venir en aide : aussi, lorsque la législation allemande leur interdit de verser aux auteurs juifs leurs droits d'auteur, ils versent ceux d'Irène à Julie Dumot, ex-dame de compagnie de son père, qui les a suivis à Issy-l'Évêque et qui sert ainsi de prête-nom à Irène Némirovsky.

La déportation et la mort en 1942

Le 13 juillet 1942, un mois et demi après l'ordonnance allemande sur le port de l'étoile jaune, Irène Némirovsky est arrêtée par la gendarmerie française, internée à Pithiviers puis déportée à Auschwitz, où elle est assassinée le 17 août. Son mari Michel subit le même sort quelques semaines plus tard, en novembre 1942. Leurs deux filles, Denise et Élisabeth, sont sauvées *in extremis* par Julie Dumot, qui décide de s'enfuir et de mettre les enfants à l'abri.

Un chef-d'œuvre pour l'éternité

Denise a emporté dans sa fuite un gros cahier en cuir qui contient un manuscrit inachevé de sa mère : *Suite française*. Elle ne le rendra public qu'en 2004, où l'ouvrage a reçu l'accueil triomphal du public et la récompense du prix Renaudot. Récit sans concessions de l'exode et de la première moitié de l'Occupation, ce livre est le chef-d'œuvre posthume et inachevé d'Irène Némirovsky.

Réalisme et révolte

ENTRE ROMAN ET NOUVELLE

Un texte romanesque

Le Bal se présente explicitement comme un « roman » : le terme est imprimé sous le titre. C'est-à-dire que ce texte s'inscrit dans une tradition littéraire d'œuvres qui veulent instruire en divertissant et donner une description de la société et de l'âme humaine.

C'est à partir du XVIIIe siècle en France, avec la découverte du roman picaresque espagnol, introduit par des auteurs comme Lesage (avec *Gil Blas,* 1715-1735) et Diderot (avec *Jacques le Fataliste et son Maître,* 1792), puis avec les œuvres de Montesquieu (*Les Lettres persanes,* 1721), de Marivaux (*La Vie de Marianne,* 1731-1741), de Rousseau (*La Nouvelle Héloïse,* 1761) et de Laclos (*Les Liaisons dangereuses,* 1782), que le roman échappe au statut de genre mineur que lui donnaient les romans sentimentaux et mièvres du siècle précédent (*L'Astrée* d'Honoré d'Urfé, par exemple) et devient le support d'une réflexion centrée sur l'analyse du sujet et l'observation de la société contemporaine.

Devenu un genre majeur et sérieux, après la Révolution et pendant tout le XIXe siècle, le roman connaît son apogée, notamment avec les fresques immenses de Balzac (*La Comédie humaine,* 1820-1850) et de Zola (*Les Rougon-Macquart,* 1871-1893), qui aspirent à donner une description et une représentation complètes de la société d'une époque. Cet âge d'or du roman réaliste est aussi marqué par des romanciers comme Hugo et Flaubert.

Le Bal s'inscrit dans cette tradition. Le roman rend compte d'un milieu – celui des affairistes parvenus des « années folles » –, présenté avec une très grande cruauté dans le chapitre II (scène de la rédaction des invitations au bal) et dans le dernier chapitre, où

M. et Mme Kampf apparaissent comme unis par l'intérêt, le paraître, l'argent, et non par un véritable amour : les masques tombent lors de cette scène du bal raté.

Les traits d'une nouvelle

Mais, par sa brièveté et sa construction, *Le Bal* s'apparente aussi à une « nouvelle », genre très en vogue au XIXe siècle et dont l'un des maîtres n'est autre que Guy de Maupassant, un des modèles d'Irène Némirovsky.

Récit court, réaliste, la nouvelle met en scène peu de personnages, dans le cadre d'une intrigue simple – une « tranche de vie » –, et se termine par une « chute », c'est-à-dire un renversement frappant. On le voit, *Le Bal* se rapproche de ce genre : par sa brièveté (une centaine de pages), par le nombre restreint des personnages (Antoinette, sa gouvernante, son professeur de piano et ses parents), comme par sa construction.

En effet, l'histoire s'étend sur quinze jours et raconte un épisode marquant de la vie d'Antoinette. L'action est rapidement menée, comme en témoigne l'ellipse de quinze jours entre les chapitres V et VI, ou encore la fulgurance avec laquelle survient la vengeance d'Antoinette : « *Une espèce de vertige s'empara d'elle* [...]. *Les dents serrées, elle saisit toutes les enveloppes, les froissa dans ses mains, les déchira et les lança toutes ensemble dans la Seine* » (p. 51). Enfin, le récit se termine par une chute inattendue, un renversement. Alors qu'on s'attend à un châtiment, le geste d'Antoinette la transfigure et la fait devenir une adulte : « *Tu es une bonne fille* », dit la mère ; « *Ma pauvre maman* », répond Antoinette dans une sorte d'inversion des rôles de la mère et de la fille.

Au total, *Le Bal* prend donc place parmi ces romans courts, centrés sur l'intériorité d'un personnage, fréquents dans les « années folles » et qui depuis se sont généralisés.

Le roman dans les « années folles » : entre tradition et révolte

Au moment où paraît *Le Bal,* en 1930, le débat sur le roman fait rage : d'un côté, des « puristes » comme Paul Valéry lui reprochent son caractère trop vague et imprécis ; de l'autre, les surréalistes y voient un archétype détestable de l'art bourgeois et conventionnel. Les uns et les autres tentent de lui substituer de nouvelles formes, dont témoignent, par exemple, des œuvres comme *Le Paysan de Paris* de Louis Aragon (1926) ou *La Liberté ou l'Amour* et *Deuil pour deuil* de Robert Desnos (1924), qui cherchent à s'affranchir des codes du récit réaliste.

À l'époque d'Irène Némirovsky, de nombreux écrivains – Roger Martin du Gard, Romain Rolland, Jean Cocteau, Paul Morand, André Gide, Marcel Proust, pour n'en citer que quelques-uns – poursuivent cette tradition. Ils s'inscrivent dans cette généalogie et la renouvellent en adoptant un ton différent ou en choisissant de nouveaux sujets, plus inattendus.

Un roman réaliste classique

Les procédés typiques du roman réaliste sont présents dans *Le Bal.* Tout d'abord, l'action est clairement située au sein d'événements historiques identifiables. Au début du roman, il est fait allusion à des héros et des écrivains alors à la mode (Gabriele d'Annunzio et Marcel Prévost, p. 9). Ensuite, le parcours des Kampf est expliqué par référence à des événements historiques réels et très récents : « *la baisse du franc d'abord et de la livre ensuite, en 1926* ». Le décor parisien est bien identifiable : les Kampf habitent rue Favart, « *derrière l'Opéra-Comique* » ; Antoinette jette les enveloppes dans la « *Seine* », depuis le « *pont Alexandre-III* ».

Il est fait aussi allusion à l'évolution de la mode en matière d'ameublement : « *le style japonais* » s'oppose au « *Louis XV* » (p. 74), les deux styles permettant toutefois de manifester sa richesse de manière tapageuse.

Les personnages sont eux aussi présentés comme s'il s'agissait de personnes réelles et décrites comme telles, notamment dans les portraits mais aussi à travers la galerie de noms propres du chapitre II.

Le Bal est écrit à la 3e personne, par un narrateur extérieur, conformément à la tradition du roman réaliste. Mais, à plusieurs reprises, le point de vue devient intérieur, l'histoire étant alors racontée à travers les yeux d'Antoinette. Cela est très frappant dans le chapitre VI, où toute la scène du bal est décrite du point de vue d'Antoinette cachée derrière un sofa ; ce procédé est également visible dans le chapitre IV, lors du dialogue entre Isabelle et Antoinette. Ce centrage sur Antoinette permet d'explorer son évolution, sa personnalité, qui est l'un des thèmes essentiels du livre.

ENFANCE ET AUTOBIOGRAPHIE

L'enfance est l'un des thèmes explorés par les écrivains de l'époque, souvent sous la forme de brefs romans étincelants et nerveux, parfois provocants par la manière dont est abordé ce thème. On peut rapprocher *Le Bal* de deux romans parus à la même époque : *Le Diable au corps* de Raymond Radiguet (1923) et *Les Enfants terribles* de Jean Cocteau (1929).

Jean Cocteau met en scène un frère, une sœur et un ami, qui mènent l'existence libre et dissolue d'enfants riches et délaissés. Ce roman, qui n'est pas autobiographique, évoque un milieu comparable à celui du *Bal*.

Le Diable au corps, qui raconte l'aventure amoureuse d'un adolescent avec l'épouse d'un soldat de la Première Guerre mondiale, est écrit à la 1re personne et son auteur, contrairement à Cocteau, a, d'une certaine façon, vécu ce qu'il raconte. Ce genre de l'autobiographie romancée, par sa puissance lyrique, renforce la puissance de l'exploration des contradictions de l'enfance et de la jeunesse en impliquant le lecteur dans le récit.

Dans *Le Bal*, le thème de l'enfance et de ses tourments est central. À la fois révoltée et incomprise (p. 34 : « *Sales égoïstes, hypocrites, tous, tous... Ça leur était bien égal qu'elle suffoquât, toute seule, dans le noir à force de pleurer, qu'elle se sentît misérable et seule comme un chien perdu...* »), Antoinette aspire à grandir pour partager les émotions et la liberté des adultes : « *Le monde entier est plein d'hommes et de femmes qui s'aiment... Pourquoi pas moi ?* » (p. 42).

Ces trois romans ont en commun leur brièveté, leur élégance et le fait de mettre en scène des personnages jeunes, voire très jeunes, en rupture et en conflit avec leur entourage.

Le registre du *Bal* est ainsi généralement dramatique. Critique et parfois amer, il provoque l'émotion du lecteur, appelé à participer aux sentiments et aux souffrances de l'héroïne. Cette implication du lecteur est renforcée par la tonalité lyrique de plusieurs passages (p. 35 : « *Je voudrais mourir, mon Dieu faites que je meure...* »). Grâce aux monologues intérieurs, celui-ci saisit intimement les pensées de l'héroïne, au point de les partager.

Au-delà du talent de son auteur, la force de ce texte résulte du caractère autobiographique de l'épisode (voir l'extrait d'Élisabeth Gille, pp. 119-120). Irène Némirovsky a d'ailleurs, quelques années après *Le Bal*, fait paraître une autobiographie romancée – *Le Vin de solitude* (1935) – où, sous les traits d'Hélène, elle raconte son enfance. Par de nombreux côtés, Antoinette est aussi, comme Hélène, un double romanesque de l'auteur : la mère absente, voire hostile et haineuse, le père affectueux mais peu présent, le milieu aisé mais parvenu, hypocrite et superficiel. On peut signaler cette réplique d'Hélène dans *Le Vin de solitude* : « *Quel bonheur d'avoir dix-huit ans !... Oh ! je n'aimerais pas être vieille, maman, ma pauvre maman.* » On voit avec évidence qu'elle reprend la réplique finale du *Bal* et que ces deux passages évoquent, sans doute, des sentiments d'Irène Némirovsky à l'égard d'une mère peu aimante.

Le Bal dépasse cependant cette dimension autobiographique pour saisir cette période charnière entre l'enfance et l'adolescence. On est loin de l'image d'Épinal de l'innocence enfantine : au contraire, cet âge se présente comme celui de l'aspiration à être soi, à profiter librement de la vie, en résonance avec ces « années folles » qui succèdent à la guerre et pendant lesquelles l'appétit de plaisirs est grand : « *c'est moi qui veux vivre, moi, moi, je suis jeune, moi... Ils me volent, ils volent ma part de bonheur sur la terre...* » (p. 37).

Le texte en questions

Avez-vous bien lu ?

Portraits et personnages

1. Qui est Antoinette ?

2. Quel âge a-t-elle ?

3. Qui sont Alfred et Rosine ?

4. Quelle est la profession de M. Kampf ?

5. Quelle profession exerçait Mme Kampf avant de rencontrer son mari ?

6. Citez les deux personnages secondaires des deux premiers chapitres ?

7. Citez les figurants et dites à quels moments ils apparaissent.

8. À quelle catégorie sociale appartiennent les invités du bal cités au chapitre II ?

Les désespoirs de l'enfance

9. Quand et comment Antoinette apprend-elle que sa mère organise un bal ?

10. Que lui demande-t-elle alors ?

11. Que répond sa mère ?

12. Pourquoi Antoinette pleure-t-elle au chapitre III ?

13. Quel projet forme Antoinette au cours de sa nuit de veille du chapitre III ?

La vengeance

14. Où était Antoinette juste avant de jeter les invitations dans la Seine ?

15. Toutes les enveloppes sont-elles perdues ? Pour quelle raison ?

16. Qui est Miss Betty ?

17. Comment Antoinette s'y prend-elle pour surprendre Miss Betty avec un garçon ?

18. Sous quelle inspiration Antoinette jette-t-elle le paquet d'enveloppes dans la Seine ?

19. Pourquoi Antoinette est-elle en colère contre Miss Betty ? Quel sentiment éprouve-t-elle ?

Le bal : la fin de l'enfance

20. Que s'est-il passé entre la fin du chapitre V et le début du chapitre VI ?

21. D'où Antoinette observe-t-elle les préparatifs du bal ?

22. Combien de temps dure le chapitre VI ?

23. À quelle heure Antoinette se rend-elle au salon ? D'où observe-t-elle le bal ensuite ?

24. Une seule invitée se présente. Qui et pour quelle raison ?

25. De qui parlent Rosine et son invitée ?

26. Quand Antoinette sort-elle de sa cachette ?

Portraits et personnages

Étudier le couple Kampf

1. Les époux Kampf sont des « *nouveaux riches* ». Quelles sont les étapes de leur enrichissement et quels changements cela a-t-il introduits dans leur vie ?

2. En vous appuyant sur le chapitre II, expliquez ce qu'est un « parvenu » et ce qui le caractérise.

3. Quelles relations M. et Mme Kampf entretiennent-ils avec leurs domestiques ? Répondez en vous appuyant sur des citations précises tirées du chapitre II.

Étudier les relations mère/fille

4. Antoinette ne fait plus confiance à sa mère. Relevez les deux anecdotes qui ont provoqué cette perte de confiance.

5. Antoinette dissimule ses sentiments à sa mère. Relevez les différentes manifestations de cette dissimulation signalées par le narrateur.

6. Pourquoi Rosine réagit-elle de manière inattendue à la remarque d'Antoinette sur l'invitation de « *Mlle Isabelle Cossette* » (chap. II, p. 26) ?

7. Comment la mère d'Antoinette motive-t-elle son refus de l'inviter au bal ? Comment peut-on caractériser son attitude vis-à-vis de sa fille ?

8. Sur quels éléments repose le face-à-face entre la mère et la fille ?

Étudier les portraits d'Antoinette et de Mlle Isabelle

9. Comment chaque portrait (pp. 6-7 et 27) est-il introduit dans le récit ?

10. Relevez dans le portrait d'Antoinette (pp. 6-7) les indices qui montrent qu'elle est en train de passer d'un âge à l'autre.

11. Analysez le portrait de Mlle Isabelle (p. 27) et montrez qu'il donne des indications sur le physique et le moral du personnage.

Réflexion et recherches

12. « *J'avais vingt ans. Je ne laisserai personne dire que c'est le plus bel âge de la vie.* » Cette phrase de Paul Nizan s'applique-t-elle à Antoinette ? Répondez par un développement argumenté, comportant une introduction et une conclusion.

13. Les enfants célèbres des « années folles » : lisez *Le Diable au corps* de Raymond Radiguet et *Les Enfants terribles* de Jean Cocteau et comparez les personnages de ces deux romans avec Antoinette.

14. La spéculation durant les « années folles » : lisez *David Golder* d'Irène Némirovsky et comparez la famille Golder avec la famille Kampf.

Écriture et réécriture

15. Rédigez un portrait physique et moral de Rosine Kampf.

16. Réécrivez le dialogue des époux Kampf sur les domestiques (pp. 17-19) en inversant les points de vue (M. Kampf se soucie du point de vue des domestiques, Mme Kampf s'en moque...).

Les désespoirs de l'enfance

Étudier le thème de l'enfance

1. Antoinette se compare à un « *chien perdu* » (p. 34). Expliquez cette image. Traduit-elle sa situation ?

2. Le mot « *gamine* » apparaît à plusieurs reprises dans ce passage. Par qui ce mot est-il employé et que signifie-t-il exactement pour Antoinette ?

3. Quels sont les signes distinctifs de l'enfance d'après le début de ce chapitre ? Est-ce un « *âge heureux* » ?

4. Que représente le bal pour Antoinette ? Pour quelle raison désire-t-elle si ardemment y participer ?

Étudier l'écriture de la solitude : dialogue et monologue intérieur

5. Dans ce chapitre, Antoinette est seule ; pourtant, elle s'adresse à plusieurs interlocuteurs successifs. Établissez-en la liste.

6. Pourquoi et comment Antoinette s'adresse-t-elle à sa mère ?

7. Qui Antoinette fait-elle parler à la fin du chapitre ? Pourquoi ?

8. Quels termes soulignent la solitude dans laquelle vit Antoinette ? Quelles sont les caractéristiques de cette solitude ?

9. En quoi la construction en faux dialogues de ce chapitre souligne-t-elle ces sentiments de solitude et d'incompréhension ?

Étudier la révolte et la colère d'Antoinette

10. Sur quel ton parle Antoinette ? Pourquoi ?

11. En quoi le passage « *Et sans doute, c'est tout des blagues, le bon Dieu, la Vierge, des blagues comme les bons parents des livres et l'âge heureux...* » (p. 35) traduit-il la révolte et la colère d'Antoinette ?

12. Expliquez la phrase « *Je veux vivre, moi, moi...* » (p. 37). Cette revendication d'Antoinette est-elle légitime ? Et le refus que lui oppose sa mère ? Répondez par deux paragraphes argumentatifs.

Réflexion et recherches

13. Peut-on dire que *Le Bal* illustre l'adage selon lequel « *la vérité sort de la bouche des enfants* » ?

14. L'enfance, l'« âge heureux » : lisez *Les Malheurs de Sophie* de la comtesse de Ségur et *Vipère au poing* d'Hervé Bazin. Comparez la situation des personnages dans ces livres avec celle des héros du *Bal* ; peut-on dire de l'enfance qu'elle est un âge heureux après la lecture de ces trois livres ?

Écriture et réécriture

15. Un jeune homme aperçoit Antoinette dans un bal et s'éprend d'elle. Imaginez son monologue intérieur.

16. Réécrivez la longue méditation nocturne sous la forme d'un dialogue avec Miss Betty. Vous écrirez votre dialogue en faisant de Miss Betty une confidente en qui Antoinette a confiance ; Antoinette s'épanche, s'échauffe, et Miss Betty tente de la raisonner.

La vengeance

Étudier le dialogue de Miss Betty et Antoinette

1. Montrez que Miss Betty s'adresse à Antoinette comme à une enfant.

2. Quelle est l'attitude de Miss Betty vis-à-vis d'Antoinette ? Que cherche-t-elle à lui cacher ?

3. Montrez qu'Antoinette n'est pas dupe de la situation, mais qu'elle le laisse croire à Miss Betty.

4. Quels sont les sentiments d'Antoinette vis-à-vis de Miss Betty et de son amant ?

5. Ce dialogue entre les deux jeunes filles est-il sincère ?

Étudier la construction du passage

6. Relevez les différentes étapes qui conduisent à la vengeance d'Antoinette.

7. En vous appuyant sur un relevé précis, analysez les sentiments successifs d'Antoinette.

8. Précisez le rôle joué par Miss Betty dans ce passage. Est-il volontaire ou involontaire ?

9. En examinant les verbes du texte, montrez qu'Antoinette est ici plus souvent objet que sujet.

Étudier un thème : l'acte fondateur

10. Par quoi se caractérise le statut de « *petite fille* » (p. 47) d'Antoinette ?

11. Montrez que l'acte d'Antoinette répond à son besoin d'échapper à ce statut de « *petite fille* » pour accéder à celui d'adulte.

12. À partir de vos réponses aux deux questions précédentes, rédigez un court paragraphe où vous démontrerez que l'acte d'Antoinette, sans qu'il soit prémédité, est irréparable et qu'il comporte un « avant » et un « après ».

Réflexion et recherches

13. En vous appuyant sur l'analyse de l'acte d'Antoinette au cours de ce passage, définissez ce qu'est un « acte fondateur » et quelles en sont les principales caractéristiques ?

14. L'adolescence révoltée en littérature : lisez *Bonjour Tristesse* de Françoise Sagan et comparez Cécile et Antoinette (quels sont leurs rêves et leurs désirs ? quels obstacles rencontrent-elles ? de quels moyens usent-elles pour grandir ?).

Écriture et réécriture

15. « *En apercevant Antoinette, le garçon eut un geste impatienté* » (p. 50). En vous appuyant sur cette remarque, imaginez ce que le garçon pourrait dire à Miss Betty à propos d'Antoinette. Vous rédigerez ses remarques sous la forme d'un dialogue avec Miss Betty d'une vingtaine de lignes.

16. Miss Betty a vu Antoinette jeter les enveloppes. Imaginez ce qu'elle dit à Antoinette et ce qu'elle prévoit de faire.

17. Imaginez le monologue intérieur d'Antoinette pendant qu'elle regarde les enveloppes tomber lentement dans l'eau, emportées par le vent.

Le bal : la fin de l'enfance

Étudier le temps et les points de vue

1. Évaluez la durée de ce chapitre et relevez les éléments précis qui permettent de la mesurer.

2. Montrez que dans ce chapitre, comme par un effet de ralenti, le temps paraît plus long aux personnages que ce qu'il n'est en réalité.

3. En vous appuyant sur les déplacements du personnage, montrez que l'ensemble du chapitre est raconté selon le point de vue d'Antoinette.

4. Étudiez la conversation entre Rosine et Isabelle. En quoi est-elle un modèle d'hypocrisie ?

5. En quoi le jeu des points de vue permet-il de faire tomber les masques de M. et Mme Kampf ?

Étudier les sentiments et l'évolution d'Antoinette

6. Analysez la phrase « *Et l'autre, elle pourra me faire ce qu'elle voudra, je n'ai pas peur, je m'en fiche !* » (p. 69) et confrontez-la avec les sentiments éprouvés par Antoinette au début du chapitre.

7. Relevez les éléments du début du chapitre qui montrent qu'Antoinette est encore une enfant.

8. Après le départ de son père (p. 86), quels nouveaux sentiments à l'égard de sa mère Antoinette éprouve-t-elle ?

9. En vous appuyant sur des éléments précis du texte, montrez qu'au cours de cet épisode Antoinette est sortie de l'enfance.

Étudier la chute

10. Antoinette avoue-t-elle ses vrais sentiments à la fin ? Expliquez pourquoi.

11. Comment se transforme le personnage de la mère ?

12. Montrez que la fin de ce récit est bâtie sur un renversement fondé sur le fait qu'Antoinette est, dans une certaine mesure, récompensée, alors que tout laissait prévoir qu'elle serait punie.

13. Peut-on dire que la formule « *C'était la seconde, l'éclair insaisissable où "sur le chemin de la vie" elles se croisaient, et l'une allait monter, et l'autre s'enfoncer dans l'ombre* » (p. 89) résume le parcours suivi par la mère et la fille au cours de ce bal ?

Réflexion et recherches

14. Lisez *Le Passe-Muraille* de Marcel Aymé et *La Parure* de Maupassant et confrontez les chutes de ces deux nouvelles avec celle du *Bal*.

15. À l'image des personnages de Médée et d'Œdipe et d'autres figures mythologiques ou littéraires de mères ou de pères qui étouffent ou tuent leurs enfants par crainte d'être supplantés par eux, peut-on affirmer qu'enfants et parents ne peuvent être que rivaux ?

Écriture

16. Isabelle part en prononçant des mots de consolation (p. 84). Est-elle sincère ? Imaginez le récit qu'elle fera de cette soirée à sa famille. Pour reconstituer ses vrais sentiments, appuyez-vous sur le dialogue entre Isabelle et Antoinette (chap. IV).

Groupement de textes :
L'enfant : un personnage de roman

« **M**ais le vert paradis des amours enfantines », écrivait Charles Baudelaire dans un vers qui résume la nostalgie attendrie avec laquelle chacun d'entre nous pense à son enfance. Cette vision de l'enfance comme l'âge de l'insouciance et du jeu apparaît encore dans « Le Joujou du pauvre », poème en prose du même auteur. Le photographe Gérald Bloncourt nous montre les enfants ainsi, joyeux, même dans l'adversité.

Mais l'enfance n'est pas toujours appréhendée à travers cette vision romantique et ingénue. Comme l'Antoinette du *Bal*, les enfants peuvent être rongés par des sentiments contradictoires, assujettis à des adultes injustes dont le comportement les condamne à nourrir une révolte haineuse, comme dans *Vipère au poing* d'Hervé Bazin, et désirant pourtant ardemment devenir grands.

Enfin, tout adulte trouve son origine dans l'enfant qu'il a été. C'est un peu ce que nous disent Élisabeth Gille, cherchant à comprendre sa mère en reconstruisant son enfance, et Nathalie Sarraute, cherchant à se comprendre en revenant sur sa propre enfance.

CHARLES BAUDELAIRE, LE SPLEEN DE PARIS

« Dans les plis sinueux des grandes capitales [...] *je guette »*, écrit Baudelaire. C'est la méthode qu'il met en application dans son recueil de poèmes en prose *Le Spleen de Paris*. Chaque poème présente ainsi un fait, une anecdote, glané au hasard du quotidien et qui frappe par sa poésie ou son étrangeté. Dans ce poème, deux enfants se font face : l'un pauvre, l'autre riche. Mais la force imaginaire, le goût pour le jeu des enfants vont au-delà de ces différences de condition.

XIX

Le Joujou du pauvre

Je veux donner l'idée d'un divertissement innocent. Il y a si peu d'amusements qui ne soient pas coupables !

Quand vous sortirez le matin avec l'intention décidée de flâner sur les grandes routes, remplissez vos poches de petites inventions à un sol[1], – telles que le polichinelle plat mû par un seul fil, les forgerons qui battent l'enclume, le cavalier et son cheval dont la queue est un sifflet, – et le long des cabarets, au pied des arbres, faites-en hommage aux enfants inconnus et pauvres que vous rencontrerez. Vous verrez leurs yeux s'agrandir démesurément. D'abord ils n'oseront pas prendre, ils douteront de leur bonheur. Puis leurs mains agripperont vivement le cadeau, et ils s'enfuiront comme font les chats qui vont manger loin de vous le morceau que vous leur avez donné, ayant appris à se défier de l'homme.

Sur une route, derrière la grille d'un vaste jardin, au bout duquel apparaissait la blancheur d'un joli château frappé par le soleil, se tenait un enfant beau et frais, habillé de ces vêtements de campagne si pleins de coquetterie.

Le luxe, l'insouciance et le spectacle habituel de la richesse rendent ces enfants-là si jolis, qu'on les croirait faits d'une autre pâte que les enfants de la médiocrité ou de la pauvreté.

---

note

1. *sol :* sou ; pièce de petite valeur.

À côté de lui, gisait sur l'herbe un joujou splendide, aussi frais que son maître, verni, doré, vêtu d'une robe pourpre, et couvert de plumets[1] et de verroteries[2]. Mais l'enfant ne s'occupait pas de son joujou préféré, et voici ce qu'il regardait :

De l'autre côté de la grille, sur la route, entre les chardons et les orties, il y avait un autre enfant, sale, chétif, fuligineux[3], un de ces marmots-parias[4] dont un œil impartial[5] découvrirait la beauté, si, comme l'œil du connaisseur devine une peinture idéale sous un vernis de carrossier, il le nettoyait de la répugnante patine de la misère.

À travers ces barreaux symboliques séparant deux mondes, la grande route et le château, l'enfant pauvre montrait à l'enfant riche son propre joujou, que celui-ci examinait avidement comme un objet rare et inconnu. Or, ce joujou, que le petit souillon agaçait, agitait et secouait dans une boîte grillée, c'était un rat vivant ! Les parents, par économie sans doute, avaient tiré le joujou de la vie elle-même.

Et les deux enfants se riaient l'un à l'autre fraternellement, avec des dents d'une *égale* blancheur.

Charles Baudelaire, *Le Spleen de Paris*, 1869.

HERVÉ BAZIN, VIPÈRE AU POING

Hervé Bazin (1911-1996) s'est inspiré de sa propre enfance pour écrire *Vipère au poing,* paru en 1948 et qui met en scène la haine réciproque d'une mère, Mme Rezeau, et de son fils Jean, le narrateur, surnommé Brasse-Bouillon. Dans le roman, Jean et ses deux frères (Ferdinand et Marcel) sont d'abord élevés par leur grand-mère ; après sa mort, leur mère revient et les éduque avec brutalité et sans amour. Rapidement les enfants la surnomment « Folcoche » (contraction de *la folle* et *la cochonne*) et tentent de lui résister. Dans

notes

1. **plumets :** touffes de plumes.
2. **verroteries :** ornements brillants en verre.
3. **fuligineux :** noirâtre, fumeux.

4. **parias :** misérables, marginaux. En Inde, l'expression désigne les individus hors castes, situés au plus bas de l'échelle sociale.
5. **impartial :** sans parti pris, équitable.

ce passage, Jean la fixe du regard par défi et se venge mentalement des vexations qu'elle lui fait subir quotidiennement.

Tu dis toujours :

« Je n'aime pas les regards faux. Regardez-moi dans les yeux. Je saurai ce que vous pensez. »

Ainsi tu t'es toi-même prêtée à notre jeu. Tu ne pouvais pas ne plus t'y prêter. Et puis, ça ne te déplaît pas, ma tendre mère ! Au dîner, en silence, voilà le bon moment. Rien à dire. Tu ne me prendras pas en défaut. J'ai les mains sur la table. Mon dos n'offense pas la chaise. Je suis terriblement correct. Aucune faille légale dans mon attitude. Je peux te regarder fixement. Folcoche, c'est mon droit. Je te fixe donc, je te fixe éperdument. Je ne fais que cela de te fixer. Et je te parle en moi. Je te parle et tu ne m'entends pas. Je te dis : « Folcoche ! regarde-moi donc, Folcoche, je te cause ! » Alors ton regard se lève de dessus tes nouilles à l'eau, ton regard se lève comme une vipère et se balance, indécis, cherchant l'endroit faible qui n'existe pas. Non, tu ne mordras pas, Folcoche ! Les vipères, ça me connaît. Je m'en fous, des vipères. Tu as dit toi-même, un jour, devant moi, que, tout enfant, j'en avais étranglé une... « Une faute impardonnable de ma belle-mère, sifflais-tu, un manque inouï de surveillance ! Cet enfant a été l'objet d'une grande grâce ! » Et, ce disant, le ton de ta voix reprochait cette grâce au Ciel.

Mais ton regard est entré dans le mien et ton jeu est entré dans mon jeu. Toujours en silence, toujours infiniment correct comme il convient, je te provoque avec une grande satisfaction. Je te cause, Folcoche, m'entends-tu ? Oui, tu m'entends. Alors je vais te dire : « T'es moche ! Tu as les cheveux secs, le menton mal foutu, les oreilles trop grandes. T'es moche, ma mère. Et si tu savais comme je ne t'aime pas ! Je te le dis avec la même sincérité que le "va, je ne te hais point" de Chimène, dont nous étudions en ce moment le cornélien caractère. Moi, je ne t'aime pas. Je pourrais te dire que je te hais, mais ce serait moins fort. Oh ! tu peux durcir ton vert de prunelle, ton vert-de-gris de poison de regard. Moi, je ne baisserai pas les yeux. D'abord, parce que Chiffe[1] me regarde avec admi-

---

note

1. **Chiffe :** surnom de Ferdinand, le frère aîné du narrateur.

ration, lui qui sait que je tente de battre le record de sept minutes vingt-trois secondes que j'ai établi l'autre jour et qu'il est en train de contrôler sans en avoir l'air sur la montre-bracelet de ton propre poignet. »

Hervé Bazin, *Vipère au poing*, Grasset, 1948.

NATHALIE SARRAUTE, ENFANCE

Nathalie Sarraute, membre de la mouvance du Nouveau Roman, école qui a dénoncé le réalisme classique, entreprend de raconter ses souvenirs d'enfance. Elle se livre donc à cet exercice convenu d'une manière originale : le livre est écrit sous la forme d'un dialogue entre elle et son double – ce qui lui permet de préserver la distance et de raconter tout en se regardant raconter. Ainsi, dans ce passage, elle met en scène un magnifique souvenir d'enfance, tout en le regardant avec ironie, comme si l'image était trop belle pour être vraie... À travers cette voix, l'enfant apparaît comme une construction de la mémoire ou une construction littéraire.

La ville où nous nous rendons porte le nom de Kamenetz-Podolsk. Nous y passerons l'été chez mon oncle Gricha Chatounovski, celui des frères de maman qui est avocat.

Ce vers quoi nous allons, ce qui m'attend là-bas, possède toutes les qualités qui font de « beaux souvenirs d'enfance »... de ceux que leurs possesseurs exhibent d'ordinaire avec une certaine nuance de fierté. Et comment ne pas s'enorgueillir d'avoir eu des parents qui ont pris soin de fabriquer pour vous, de vous préparer de ces souvenirs en tout point conformes aux modèles les plus appréciés, les mieux cotés ? J'avoue que j'hésite un peu...

– Ça se comprend... une beauté si conforme aux modèles... Mais après tout, pour une fois que tu as cette chance de posséder, toi aussi, de ces souvenirs, laisse-toi aller un peu, tant pis, c'est si tentant...

– Mais ils n'étaient pas faits pour moi, ils m'étaient juste prêtés, je n'ai pu en goûter que des parcelles...

– C'est peut-être ce qui les a rendus plus intenses... Pas d'affadissement possible. Aucune accoutumance...

– Oh pour ça non. Tout a conservé son exquise perfection : la vaste maison familiale pleine de recoins, de petits escaliers... la « salle », comme on les appelait dans les maisons de la vieille Russie, avec un grand piano à queue, des glaces partout, des parquets luisants, et tout le long des murs des chaises couvertes de housses blanches... La longue table de la salle à manger où à chacun des bouts sont assis, se faisant face, se parlant de loin, se souriant, le père et la mère, entre leurs quatre enfants, deux garçons et deux filles... Après le dessert, quand ma tante a donné aux enfants la permission de sortir de table, ils s'approchent de leurs parents pour les remercier, ils leur baisent la main et ils reçoivent sur la tête, sur la joue un baiser... J'aime prendre part aussi à cette amusante cérémonie...

Nathalie Sarraute, Enfance, Gallimard, 1983.

ÉLISABETH GILLE, LE MIRADOR

Fille cadette d'Irène Némirovsky, Élisabeth Gille a rédigé une autobiographie imaginaire de sa mère, publiée en 1992. Le passage reproduit ici est situé en 1912 ; Irène a 9 ans, elle est à Paris et souffre de l'absence de son père et d'être délaissée par sa mère qui lui préfère ses amis et les soirées mondaines. Par dépit, elle lui cache une lettre envoyée de Russie par son père. Cet événement, sans en être toutefois à l'origine (cf. p. 97), n'est pas sans rappeler l'épisode du *Bal*.

De retour à Paris, après deux mois de réflexions maussades qu'assombrissait encore l'approche d'un deuxième hiver, j'écrivis à mon père une longue lettre dans laquelle, sans aller jusqu'à la [Fanny] dénoncer, je le suppliai de venir nous chercher, arguant que je détestais Paris, ce qui était faux, et qu'il me manquait beaucoup, ce qui était vrai. Il ne la reçut jamais : il avait quitté Bakou pour Saint-Pétersbourg. De là nous parvint, en décembre, une lettre annonçant son arrivée prochaine. Le jour même, alors que je la lui portais, ma mère me déclara que, cédant aux affectueuses pressions d'un groupe d'amis, elle partait pour Nice où devait être inauguré, sur la Promenade des Anglais, devant sept souverains dont la reine Ranavalo de Madagascar, un nouveau palace : le Négresco. D'un geste de jalousie haineuse, dont la cruauté violente me sidère et me fait honte encore aujourd'hui – et que j'ai essayé, peut-être, de m'expliquer à moi-même en prêtant un comportement très similaire à une fillette nommée Antoinette dans mon récit, *Le Bal* –, je cachai la lettre derrière mon dos. Assise à sa coiffeuse, elle ne s'aperçut de rien : elle s'en alla donc sans savoir que mon père était sur le point de revenir. L'inauguration ayant été repoussée au mois de janvier, elle était encore à Nice quand il rentra.

Ma mauvaise action n'eut pas l'effet que j'en attendais. Elle gâcha mes retrouvailles avec mon père. Je n'eus pas le courage de lui avouer mon geste et jouai la surprise en le voyant apparaître. Blanc de colère à l'idée que ma mère nous eût abandonnées, Mademoiselle Rose et moi, il prit le train dès le lendemain matin. Il ne revint de Nice que deux semaines plus tard, adouci et amoureux au bras de sa femme radieuse.

Élisabeth Gille, *Le Mirador*, Presses de la Renaissance, 1992, et Stock, 2000.

Gérald Bloncourt, « Devant le poste de télé »

Photographe, peintre, conteur et poète, Gérald Bloncourt est né en 1926. Haïtien exilé en France, il s'est fait le témoin des luttes et des inégalités, racontant par la photographie une partie de l'histoire de ceux qui n'ont rien. Ici, voici des enfants qui, avec un simple morceau de craie, dessinent et imaginent un poste de télévision.

**Gamins jouant aux pieds des HLM
du Chaperon vert d'Arcueil en 1965.**

Questions & travaux

1. En quoi le texte de Charles Baudelaire se distingue-t-il des trois autres extraits ?

2. Qu'est-ce qu'un beau souvenir d'enfance d'après l'extrait de Nathalie Sarraute ?

3. Quel est le sentiment du narrateur à l'égard de son souvenir d'enfance dans l'extrait du *Mirador* d'Élisabeth Gille ?

4. Dans l'extrait de *Vipère au poing* d'Hervé Bazin, avec les sentiments de quelle héroïne le narrateur compare-t-il les siens ? Pour quelle raison ? Qu'a-t-il en commun avec cette héroïne ?

5. En relisant les différents textes, pouvez-vous distinguer « beau » souvenir d'enfance et « intéressant » souvenir d'enfance ?

6. Dans les textes d'Élisabeth Gille et de Nathalie Sarraute, caractérisez le point de vue de l'adulte narrateur sur l'enfant décrit.

7. Ces extraits sont tous autobiographiques. Peut-on parler de l'enfance autrement que de manière autobiographique ?

8. Quelle image de l'enfance ressort du document de Gérald Bloncourt ?

9. Quelle intention commune pourrait-on relever dans le texte de Charles Baudelaire et la photographie de Gérald Bloncourt ?

10. Caractérisez les différents enfants mis en scène par chaque texte et par le document (enfant idéal, enfant symbole, enfant martyr, enfant malheureux...).

11. Choisissez un enfant célèbre (Gavroche, le Petit Poucet, Fifi Brindacier...) et présentez-le à la classe en vous attachant à décrire avec précision sa vie et son œuvre.

12. Qu'est-ce qu'un « mot d'enfant » ? Interrogez votre entourage pour collecter des mots d'enfants et demandez-vous pourquoi ils plaisent à ceux qui les retiennent.

13. En vous appuyant sur l'extrait du roman d'Hervé Bazin, imaginez quelles peuvent être les pensées de Folcoche. Rédigez son monologue intérieur sous la forme d'un discours général sur les enfants.

14. Comparez-vous avec les enfants des textes et du document proposés, puis dites quel enfant vous êtes (ou avez été). Vous pouvez faire le portrait de cet enfant-là en combinant des caractéristiques de plusieurs textes.

Imprimé en Italie par Rotolito Lombarda
Dépôt légal : décembre 2017 - Collection n° 63 - Edition 01
39/8149/9